无远弗届

晓秋 ○ 著

上海文艺出版社

浅行覃思

"晓秋",这个笔名多少带有些自信和色彩感,又带有些岁月和沧桑感,这给我们读他的诗歌既带来兴趣和疑惑,又带来想象和思考。

晓秋先生是位五零后,在"文革"结束前只接受过四年较为系统的教育,中学毕业后,被分配在汽车运输公司,在卡车上当了一名装卸工人,风里雨里地和水泥、砖瓦、生铁块和化工品等打交道,后来他成为基层企业的团支书和团委书记。党的十一届三中全会后,改革开放成为时代的主旋律,这为当时那代青年人打开了广阔的学习和发展的空间,晓秋先生边工作边学习,不仅完成了大学学业,而且苦学八年获得了经济学硕士和博士学位。九十年代初,他响应浦东开发开放的时代号召，积极投身于浦东新区及经济开发区的工作，当过公务员，从事过人事、行政和投资管理等工作，后来成为多家企业的董事长和总经理。可见，晓秋先生是经历过时代风雨变迁的，属于那种经历比较厚实的人。这样想来，我们就稍稍理解了"晓秋"这个笔名，其实蕴含了他个人的学习、实践，有着较为丰富社会阅历的深切含义。

《无远弗届》是晓秋先生几十年来旅行中的所见、所闻和所思，在形成随笔的基础上，他又花了一年多时间，写成了一百六十首诗歌，以结集的形式出版。在他的诗歌中，你能感受到他对生命的尊重和崇拜，对生活的热爱与向往，对自然的热情和陶醉，对历史的凝视与思考。他的诗歌，既描写自然，又连接历史；既表现传统，又展示现代；既呈现抽象，又表达具体；既抒情咏叹，又体现哲学思辨。这些作品有着许多较为独立的观察和独特的视角，且具有一定的语言新意和诗性张力。

在阅读《无远弗届》时，我们能真切地感受到，自然是生命和灵魂的土壤，作者徜徉在壮美的山河之间，把理想信念、世事感触、人生境遇等等，通过诗歌来表达对生命、对命运的领悟。"……自然之美，为什么总是带着如此饱满的伤痕……"晓秋先生用自己的思考来理解人的存在、人的价值和人生的意义，不仅使旅行有了更丰富的意义，而且也使诗歌更充满活力。

比如那首《新疆沙漠与胡杨的怀想》：

"枯藤老树／却又挺拔高昂的胡杨／是沧桑，也是深深的震撼／／……抚摸荒芜中的胡杨／抚摸到了你沉默中的心跳／时间并不躲闪／那不朽的力量／只有蓝天和浩阔的大地，才配得上与你一起跳动……"

在晓秋先生的诗集中，你不难看出作者对生命有着自己特殊的理解与解读——"生命崇拜"。特别对几千年来，在无数次循环反复的战争中，千千万万死亡的生命，他悲叹声声。"……苍生亡魂／千年卑微／／你早已草草地离去／犹如，你从未匆匆地到来……"

2019年，作者与朋友们游览土耳其的卡帕多奇亚，后来他悲愤地写下了诗歌《卡帕多奇亚，苦难与守望》：

"……幽冥空谷，狼荒山地／哒、哒、哒的马蹄声疾／叩击着明月／叩击着星光／弑杀声起，泪光漫溢／洗不尽古远晨曦的血锈，灌满的／都是腾空而起的声声哭喊／时间的／大河里，唱起一首首忧伤的歌……"

值得注意的是，晓秋先生在为烽火兵革、千年亡魂悲哀的同时，又深深表达对生命的尊重与敬慕，如诗歌《毕苏斯基广场访吟一首》等，这些既是对人性之恶的鞭挞，也是对人性之善的崇仰。

歌德曾经说过"人类最根本的研究对象则是人"。在《无远弗届》中，你可以观察到作者能够紧紧地把握好这一文学主题，用丰富多彩的诗歌语言，多层面地对历史上一些熠熠闪光的英雄先驱，慷慨放歌，极尽歌咏。"……站在中山陵的天空下／我把六朝的卑微／抛遗在祭堂宏阔的台阶上"——是高歌，也是低吟，更是直达灵魂而不能自已的精神袒露。在另一首诗歌《访鲁迅故居怀想》中，我们也能够深切认同晓秋先生写作时，对"透明的灵魂"深刻的感悟和真切的崇敬。

"雨夜深深沉浮／北风哀哀啸吟／一个透明的灵魂，习惯／在风雨中／朝着更深、更暗的黑夜行走 //……笔锋犀利，冷讽讥诮／先生风骨／血脉偾张，横眉冷对千夫指／独立绝世,俯首甘为孺子牛……"

晓秋先生还是一位比较善于在历史烟云中,点化诗歌意境的人。在旅行中遇见的遗迹,许多都是古战场。诗集《无远弗届》的历史诗思是比较明晰的,在忧患悲悯的跌宕中厘清战争理路,在叱咤风云的起伏中辨析英雄的史章——"仇恨是盲目的,那历史必然是盲目的"。历史与现实深刻交汇,真给人一种云泥之别的历史感。在《在爱琴海,遥望特洛伊》中,他愤然斥责这场战争。

"……谁也无法解说爱和愤怒,盛大的/美丽斟满哀歌/任何一滴血,一条剑痕/都是多余的/海伦的爱和美也是多余的/历史回声/——特洛伊,你该如何放马高歌……"

对历史上循环反复的战争,对那些被屠杀的无辜亡灵,对那些所谓的英雄醉歌,晓秋先生充满着悲愤、沮丧和无奈。一次出差途径许昌,他写下了这首《过许昌,"煮酒论英雄"》:"……历史,你有/足够的深沉、深远/英雄,却深陷黑暗/总是只在/荒野上打斗//——从没有仰望星辰大海和自由。"

孔子曾说"学而不思则罔",柏拉图认为"思维是灵魂的谈话"。我们很容易觉察到,在《无远弗届》诗集中,作者是把天地万物深深引入自己的内心深处,面对历史遗迹和自然山川,让诗歌跟着灵魂走,疑问生死黑白,思考时间与空间的关系,冥想意识与存在的一致性,天问"金字塔莫测高深 / 你究竟 / ——是在万灵之上 / 还是在众生之中"。大象无形,思想之"道常无为而无不为"。

"……时间是自由的 / 我反复思考命运中已紧握的确幸 / 生命的偶然 / 是时间中不确定的存在 / 必然 / 仿佛此刻,已能 / 听到雪花冉冉飘落山体的声音 // 这是一种 / 时空掉下来的确定 / 雪山刺眼的光芒 / 使得命运的翅膀有了飞翔的时刻……"(《雪花落在玉龙雪山上》)

诗歌在晓秋先生潜意识的大海里逐浪前行,人间世界,茫茫天宇,既无远弗届又迷思惘然。"……深沉的冥想与思考并真实地 / 去接受体验 / 才能让存在 / ——具有丰富而深刻的确定性……"

阅读《无远弗届》诗集,给人的深刻印象是,在诗集的思想内容上,所有的诗歌都是从自然、历史和生活感受、体验中汲取营养和资源的。向外，书写和记录过往时代，特别是表达古代底层普罗大众的命运多舛、离愁别苦；向内，忠实于自己的灵魂，发自心性，抒写由衷之言。在诗集的艺术形式上，也颇具有作者的自我特点。首先，是诗歌不以音律、格调为基础，从不用韵律、韵脚，每一首诗歌行数不一，字数不定，一任自己的思想感情自由地泻荡奔流。其次，是诗歌语言新颖、奇异，富有创造力，既有口头语言，又有文学语言；既朴实清新，又热烈雄浑；既滚滚泻流，奔腾豪放，又沉稳节制，富有节奏，并具有一定的音乐表现力。再次，是诗歌在句法和结构上采用了许多平行句和并列句，特别在描述和感叹句式中，比较频繁地使用。这样，在内容与形式上，似乎更能体现作者的人文情怀、民本思想和诗集的文学主旨。

毋庸置疑，晓秋先生的诗集《无远弗届》，还是存在一些不足的。作为一个诗坛的"意外闯入者"，一位刚涉及诗界的初学者，诗集中诗歌的整体水平还显得参差不齐。在语言上一些比喻、修辞还略显勉强和生硬；在篇幅上有些诗句多少存在冗长和拖沓的痕迹；在结构上一些跨界、跳跃略显匆忙、勉强，等等。但这些并不是主要的问题，特别对于一个初入诗坛，且正在学习、探索的作者而言更是如此。写诗，是一个循序渐进的漫长过程，从来不会一蹴而就，任何作者都需要经历长期的磨砺和锤炼，方能逐步建立并形成自己个人的独特风格和艺术特点。因此，对于晓秋先生来说，重要的是贵在坚持，持久地加强阅读与思考，丰富思想与精神资源；持久地提升视野与拓宽题材，不断地加强探索与写作。

  作为作者的同龄人，读完诗作掩卷而思，我们有着共同的时代印痕，也有着共同的审美体验。很多同样路过的山山水水，也许就此别过，早已遗忘，而晓秋先生是位有深厚人文情怀和厚重阅读量的诗文作者，行万里路写千首诗。尤其是在到访中外人文景观后，即兴赋诗或回望抒怀，诗兴与文笔俱佳，值得细细品味。作者执着的钻研精神和笔耕不辍的劳作，才成就了今天的诗集。点赞！我们希望并祝愿，晓秋先生通过努力，会有更新、更好和更精彩的诗歌作品，不断地呈现给大家。

陈 东

2022 年 6 月 23 日

目录

第一辑　古遗寄风歌

16　白马寺，二月的清晨
19　枫丹白露的晚风、晚霞
22　春秋历历华清池
25　阳关与将士，吟叠声声
28　登大雁塔怀想
31　历史博物馆上空的雨
34　圣索菲亚大教堂
37　走近埃及金字塔
40　羊角村小镇的"童话"
43　巴尔干的冬天
46　兵马俑：致敬与哀叹
49　普陀山，澄明与平静
52　寻谒西夏王陵补记
55　春雨宏村词
58　卡帕多奇亚，苦难与守望
61　奇琴伊察的挽歌
64　十二月党人广场
67　多瑙河涛涛的回声
70　莫高窟，美之历程
73　初上灵隐寺

75　晚霞，映照在乔家大院
78　维格兰雕塑公园
81　以弗所的悲歌
84　五台山的晚秋
87　短歌行，故宫博物院
90　在爱琴海，遥望特洛伊
93　黑雪伤痕：奥斯维辛
96　嘉峪关，日暮与回响
99　访西席林霍夫宫手记
102　毕苏斯基广场访吟一首
105　静安寺又题
108　在峨眉山，听空谷回声
111　故乡的风烟已落尽
114　庞贝，为忘却的记忆
117　行吟滇西抗战纪念馆
120　冬天的法门寺
123　万里长城万里谣
126　烟雨乌镇
129　圆明园，冬夜的回声
132　九华山春晨的钟声

第二辑　云月逐天涯

136　写意，莫雷诺冰川
140　在冰岛的火山下旅行
143　蓝色的时空，爱琴海
146　阿尔卑斯山随想
150　尼加拉瓜大瀑布
153　雪花落在玉龙雪山上
156　在雨岔大峡谷，描述世间……
159　黄河第一弯的夜色
162　再上黄山观云
165　秋色、秋水九寨沟
168　在南太平洋，品读"十二门徒"
171　对话，科罗拉多大峡谷
174　西西里岛黄昏的印象
177　梅里雪山，仰望与咏叹
180　西湖子夜行吟
183　呼伦贝尔，星空永恒
186　黑龙江，黑土地颂
189　渤海晨昏曲歌
193　远眺迷蒙的火焰山
196　长白山，主峰的雪花
198　岳麓山下的随笔
201　塞北风

204　加勒比的海岸、海浪
207　黄石公园，星空咏叹
210　云水诗画，长江与三峡
213　渤海湾行之吟
216　在蓬莱，巧遇海市蜃楼
219　风雨大堤顿
222　歌品武夷山大红袍
225　再上庐山晚记
228　新疆沙漠与胡杨的怀想
231　漫步那不勒斯海滩
234　溧阳竹海的记忆
237　黄河上游的秋色星空
240　米克诺斯岛，激情与回旋
243　冬夜的长白山
245　伊瓜苏的骊歌
248　一个人在北海银滩散步
251　坎昆，美丽的邂逅
254　走马腾格里沙漠

第三辑　风流谁识君

- 258　青春，保尔·柯察金
- 262　维纳斯，审美与歌咏
- 265　拿破仑的滑铁卢小镇
- 268　过许昌，"煮酒论英雄"
- 271　访鲁迅故居怀想
- 274　春天，拜谒陈子昂读书台
- 277　在嵩阳书院，"程门立雪"
- 280　《岳阳楼记》
- 283　林肯纪念堂，石阶上的梦
- 286　菩提花盛开彩虹之国
- 289　风雪赤壁怀古
- 292　凭吊孔庙
- 294　秋夜，寻访傅雷旧居
- 297　美在燃烧，巴黎圣母院
- 300　特蕾莎修女
- 303　新疆雨夜忆左宗棠
- 306　在大雪中读无字碑
- 309　《二泉映月》
- 312　高迪，燃烧的光线
- 315　微笑，蒙娜丽莎
- 318　春风吹过南汇小院
- 321　美丽，飞越天门山
- 324　哥伦布纪念碑的遐思
- 327　在莎士比亚故居诗想
- 330　幽怨的爱丁顿公寓
- 333　瞻访，兼致屠格涅夫
- 337　《家》《春》《秋》
- 340　梅第奇，另一种永恒
- 343　曹操故里行咏
- 346　爱、崇拜与追寻
- 349　端午歌
- 352　茜茜公主，美丽与泪水
- 355　阿Q及臭豆腐的味道……
- 358　青海高原昌耀魂
- 361　遥望秦陵赋辞
- 364　贝多芬故居，聆听与敬仰
- 367　致敬，泰戈尔
- 370　太平湖边忆老舍
- 373　风雨陆平村
- 376　舒伯特纪念馆的轻曲

第四辑　城春雪如花

380　金陵古都，步走与回响
383　扬州的大运河星空
386　鄂尔多斯的月色
388　秋天，圣彼得堡的行吟曲
391　华沙一章
394　萨拉热窝的风云
397　广岛月色下的笔记
400　纽约，在黄昏漫步秋雨
403　外滩，听水诗行
406　松花江边的雪花
409　五月，伦敦火车站
412　都柏林的时差记忆
415　春天，徜徉在布拉格
418　唱晚，蓝蓝的威尼斯
421　夜宿无锡太湖的冥想
424　布达佩斯的红日
427　在雅典卫城，野马纵思
430　长崎佐世保的海风
433　新加坡的"思想者"
436　漫步宾夕法尼亚大街
439　嘉陵江边的夜雨
442　在剑桥，听剑河雨声

445　初访旧金山之忆
448　四月的斯德哥尔摩
451　冲绳，晚歌大海
454　慕尼黑的躁动
457　首尔，梦的摇晃
460　多伦多的水声之夜
463　苏州河畔烟雨信步
466　车过切尔诺贝利
469　莱茵河的迟疑
472　在济州岛夜观昙花
475　伦敦的晨雾
478　里约，笔走贫民窟
481　黄浦江的钟声……
484　春天，再次对话雅典
487　夜行在泰晤士河畔
490　在太原看卫星发射

493　后记

第一辑　古遗寄风歌

白马寺,二月的清晨

飘然的雪

下得干干净净

清晨的冷冽,淡泊而宁静

仿佛是一种遥远的苏醒

静静地走进禅寂的世界

释放内心的喧哗

不匆忙地去等待任何回应

也无意过多地去寻求慰藉

苍穹似盖

雪地寒静

陶然自得那如此纯朴的安顿

当东边的晨阳吐露前,还是

有充裕的时辰

去打扫寺前的一夜积雪

去消解

骨骼里的陈年疼痛

去回避尘世

寄存的欢乐与不幸,包括

那些多舛的命运

二月,是一个未经感叹的月份

下过雪的冬天

宛如一种宽厚与慈祥

伫立在肃寂中

侧耳倾听,经声中

正把全部的欲念化作色空

手翻经书,黄卷里

有比天空的雪花更淳厚的静寂

梅花落英

静美

仿佛是一种更深切的爱

正呼唤

一个个困顿的灵魂

老僧,形单影只

手执佛珠,轻轻走过殿旁小径

一袭袈裟

一脸雪花……

2021 年 1 月 21 日

枫丹白露的晚风、晚霞

枫丹白露森林的寂静

是多么完美

幽然,无声息地

走入了梦幻、深情的时光

青草微漾,绿茵如毯

青青地,菁菁地等着你

滴出翠来

两旁的大树

枝叶交错成低低的拱门

风吹婆娑

沙、沙、沙像潮水

轻轻地洗濯你已憔悴的心灵

通往秋天的小路有许多

野花野草

旁逸斜出

每一条都是那么的奔放和多情

片片树叶，朵朵鲜花

盈满了阳光

妖艳的静谧适合忘情的

热吻

迷路的人

适宜做最艳丽，最勾魂的梦

拿破仑一世的绿室

沉淀了时间

梦中的杀伐

那盲目的豪情和澎湃的波涛

是早已泻逝的时光

O Come All Ye Faithful

圣音微微

祈祷的愿望

是轻飏一缕缕慈爱的和风

忏悔的意义

是不带任何悔恨的赎罪

马车

踏在金色的枯叶上

夕阳晚霞

空寂,万古如今

总有些怅惘

森林的晚风是吹不散的……

      2020 年 9 月 3 日

春秋历历华清池

冬野贫光,意境萧疏

辉煌与荣耀

谁来收留眼前的阒然与苍寒

在这空旷的寂静里

一切都不需要

唤醒

也无需打捞这份久远的静谧

"温泉水滑洗凝脂"

长恨歌处

虎斑石旁兵谏亭

世间遗失,落英纷飞

带走了多少喧哗和岑寂

时间

并不依赖于真实和逻辑

一个年代已过去

一个年代又到来

一代代折叠

你已无法

清晰地表达远去的完整意义

醒一半在过往

醉一半在眼前

十二月的骊山

十二月的渭水

天空

冬云白絮,雄浑苍阔

大地

冰水涟漪,郁悒宁静

时光快于朔风

一半在忘却,一半在守候?

华章上的星烁

词语里的灯火

夜色渐次收拢

谁又愿去提问春秋骀荡的风范

历史,是一组组名词、动词

我低沉,哦

主语、谓语、宾语……

2020年7月6日

阳关与将士，吟叠声声

无法喂养的春色

一个倔强的身影

千年形骸

在荒野砾石中傲然竖立

翻动的四野

你能听到历史的锋刃

闪闪发光

滴滴见血

剑锋游走兴亡，挥剑收割春秋

荒凉放肆地宽阔

夜幕恣意地漫长，经世的

年代昏暗

已无法把冥冥的长夜黑天刺醒

烽火的主人

为何如此芜落孤子

你被贫瘠的灵魂在哪里

马蹄踏荒

铃声细碎

脚下扬起的沙砾似干涸的眼泪

我在马背上仰望苍天

一只孤鹰惊掠荒原

把酒问苍天

谁家的记忆

还保持着对你的温暖和瞭望

天空阔白的眩惑

阳光暴躁，逼视狂野大地的荒茫

苍生亡魂

千年卑微

你早已草草地离去

犹如,你从未匆匆地到来……

2021年1月8日

登大雁塔怀想

雪花如席

冉冉地飘落,像一片片

冬天的叙说

维持着

古寒大地的肃穆和完整

冬雪依旧

不时掠过你的脸颊

经卷、舍利

玄奘法师

穷万里孤征,普度众生……

经卷不语,风语有言

岁月天籁

千年独立

风铃，在喃喃的经声中有了

安详的高度

时间已太过于恒久

雁塔诗会，曲江流饮

唐风

遗留千年的才子

笔墨舒展，浅唱低吟

俱往矣，该如何回应

在我登上大雁塔的同时

古长安的灯火

早已使

完美、独处的寂静，屈服于

点燃的红尘

真善从顺

邪恶丑陋是否都可以被泯灭

在宽阔的凡世中

见性

自净其意,开悟征果

体内的时刻

在泥淖中已抱怀雪天的冥冥述说

佛陀,佛陀……

2020年6月23日

历史博物馆上空的雨

在江城的雨声中,渐渐

走进历史

钟声、鼓声响起来了,躁动的

辽阔江山

被紧紧收拢的时刻

苍天在上

时间的将士

浩浩荡荡地奔向了你和我

沉默,是一种陌生的远方

灯光下的原野

经历的腥风血雨

从未辜负永恒的残暴与死亡

欲望的燃烧

涌伏的鲜血，才使

我们惊颤地

看到，遥远的胜利者高高举起

喂饱的屠刀

确认存在

比确认臆想的意志更重要

苍老的史乘啊

——你总想妖艳地打扮自己

灯光下

越王勾践之剑

寒光逼人，锋刃上慢慢滴下的

都是祖先的血

"春秋无义战"[①]

---

① 春秋无义战：语出《孟子·尽心下》。

仇恨是苟且的

历史又何以纠正迷失的回声

光阴无从自由

残缺之"美",废墟之"情"

——血泪和悲愤

  可以激励人性

秋雨风寒

战国曾侯乙编钟,沉闷的敲击

如泣如诉,声声辽远

溅落在

博物馆的广场上

溅落在,荆楚大地飘摇的疾雨中

不朽到此为止

那是雨中

今天瞬间存在的唯一永恒

2020 年 8 月 29 日

圣索菲亚大教堂

世间最初的咆哮

那黑光般的低沉

爆发,却是

饱满、奔腾的千年沧桑

所有伟大的史章

都源自人性的——爱与恨

在远去窒碍的

神圣中间

寻觅被黑暗遮蔽的爱,擦去

历史的尘埃

春天

更具有把恨释放出去的力量

再没有比四月明媚的阳光

蓝色的大海和

盛开的鲜花

更与之和谐、般配的了

地中海

海鸟飞翔、啁啾

博斯普鲁斯海峡大桥

分享了欧亚

分享了阳光,也分享了爱和被爱

岁月的地中海无形

圣索菲亚大教堂,穿越

腾风的记忆

声声杀伐

在波浪和漩涡里轮回

亲历过的风雨

比湛蓝的伊斯坦布尔天空

更高更远

放眼所及

基督、东正、伊斯兰，三教

时空穿越圣堂

是谁放弃了傲慢

厘正了对自身圣义的阐释

无畏地破解了彼此的恨

允许爱，刻入

圣殿的骨骼，汇入地中海的波涛

宏大的叙述

都在于与人间的恨，不竭地诀别

抚平僵硬的执念

用爱，不断慰藉人性的曦茫

我在地中海破浪

远远眺望教堂高高的穹顶

"志之所趋，无远弗届……"！

2020年9月23日

走近埃及金字塔

时光萧疏

世间悲怆

沙漠灌满的是历史的高贵

还是神异的暗昧

开罗时间,一个无法回避的追问

十月的大漠越来越木讷

驼铃声声

催眠你

逆流一段法老的神秘时光

大金字塔

你像山一样扑面而来

梦幻和空濛

像天空零乱而乌蒙的层云

落满惊诧的神绪

迫使语言慌乱、局促、破碎……

肉体和灵魂

神秘和科学

内心深深地逼视

金字塔

你的信仰

究竟是何种色彩的阳光

时空伟岸

金字塔莫测高深

你究竟

——是在万灵之上

   还是在众生之中

遥远的星光闪烁

是不可获知的世界,所有的

认知与回答,都已

属于多余

谁也无法向深邃和神秘

——寻找答案,阿门!

      2020年8月23日

羊角村小镇的"童话"

在时间的光线里

天空安详而开朗

风物舒畅

面对孤单与朽迈

的确需要浪漫的自由主义风情吹拂

整个下午

我静静地走在

安逸、美丽的羊角村小路上

岑静的村庄

这纯粹的绿逸和静谧

是难以模仿的,自己隐约有些恍惚

绿树成荫掩映着

一幢幢风格迥异的小屋

芦苇编制的灰色屋顶

醇厚、温馨

栽满花草的花园

绿草清香,花艳色溢

哒、哒、哒木屐声声

携来遥远童话的朗朗稚趣

鸟雀安闲,花草葳蕤

一只琵鹭,与我的

惊异比肩而立

你、我来自不同的天间

却正好吻合了彼此的好奇和畅想

且走且停,我在河边徜徉

洼地的小河

舒徐而悠闲

毫无大海激流的奔腾

灰色的鸭群

在幻境的天空下与我缓缓同行

散漫、逍遥

懒得介意一位异乡人的迷思幻想

灰鸭你在彼岸自在遛弯

我却在此岸沉梦和自语

天空下

所有的命运都是不确定的

幸运无法自觉

羊角村，你超脱的安逸和静美

"苦修者"①

在时间的磨难中

是怎样拽住了这摇摇晃晃的大地的……

2020 年 10 月 4 日

---

① 大约在十三世纪，一批来自地中海的难民到达今天的荷兰羊角村，这批居民，后被称为"苦修者"。

巴尔干的冬天

那是一个

又一个悲不自胜的冬天

风雨中的贝尔格莱德

那些随风飘落的

叶子,没有

一枚是我的意旨

隐藏的平静

让我的目光警惕地

追寻每一个冬天里的阴霾

闻到的血腥

听到的哭喊

人类旗手的疯狂仇恨

宏大灵魂的意淫暴走

是饱满的意志,是偾张的

血脉,是被书写的

正义与崇高

是被畅想的光荣与颂歌

"啊,朋友再见

啊,朋友再见吧,再见吧,再见吧……"

流血和死亡,无辜的

灵魂拥挤

你发出的最后呼唤

一段历史刚刚被强势关闭

"如果我,在战斗中牺牲

请把我埋在高高的山岗……"

巴尔干的岔道口

埋藏着

世界迷雾里最黑暗的底牌

我以问号作为链镣

锁住命运

这是

轮回，还是结束？

2020 年 6 月 4 日

兵马俑：致敬与哀叹

二千多年的沧桑

沉默在一片辽阔的黑暗中

仰望和俯瞰一样

黑雨寒水

你无息，我无声

流淌着历史的苍白与悲愤

借着冬冽的寒风

细数着眼前匆匆逝去的时间

破碎的壮阔

你在豪迈，我在低泣

战场与坟墓

——已自证

生命与黑暗是无法一起冬眠和永恒

哪一抹彩霞

能照耀到列阵中你孤单的身影

哪一片月光

能抚摸到列阵中你宽厚的肩膀

谁将你逼至

春秋涤荡的悲凄墓葬

谁将你铸成

历史翻卷的粗暴偶像

凝视与沉默

黄土里

疑惑的眼神

吞不下莽野空阔的千年长河

坍毁的生灵

每一块破碎

都早已回到了生命的原始

那一晚

我想在梦中为你唱一声晨曦

可黑色的天空

无法走进天堂节奏

空与无

一样多

兵马俑

你的长缨、箭簇

已深深地扎进了我的伤口

此时,我已成为

你远方深刻的残缺……

        2020 年 7 月 18 日

普陀山,澄明与平静

苍茫大海,生死黑白

峰翠谷静

云雾缭绕处处青蔓成舞

千年佛光,春夏秋冬

走出荒原

一个人的超越,都是在向以往告别

当晨霞轻轻洒进殿院时

青烟已飘来几缕

佛经已落下几声

时辰慢了下来

一切是如此的宁静与安详

"色不异空,空不异色"

色空是什么呢

佛光未照

人间未醒

接受日升日落

接受潮起潮落

接受生命的风雨和命运的苍茫

失去就是拥有

失去的色，即是空

"菩提只向心觅

何劳向外求玄"

心灵道路，心怀慈悲

以此修行自身，走出空濛

夕阳渐渐落下

色空——实与虚永存、永恒

晨钟暮鼓，宏寺佛香

沙滩逐浪，渔舟唱晚

是哦

"夸父，你又何须追日呢"

2021年2月2日

寻谒西夏王陵补记

敞开的贺兰山星空,浅浅的

一轮新月

收敛着轻轻泻下的

冷寂月光

波动涟漪,真想为你

写一首落寞、清癯的挽歌

生存与死亡之间

黄色的苍茫与红色的血液之间

凝视与触摸

历史是冲动、盲目的……

东方金字塔,黄色陵台

门阙、角楼、碑亭

外城、内城、献殿

千年前

丽日之光、静卧辉煌

千年后

断壁秃垣、骨葬大风

拓跋氏的忧伤，漫溢了

弯弓马刀

大漠戈壁，古道与苦梦

哀歌声声

贺兰山天空盘旋的雄鹰

扑闪的双翅，到底

承载着

多少千年的仇恨与弑杀

你飞翔的心跳

能否娓娓地叙述历史的沧桑

我无法确定，眼前的

废墟残骸，是应

催发悲情，还是应抒发诗情

历史镶嵌在沉默中

生命叠加在死亡里

暮霭晚岚，远巅清月

谁来收藏

西夏王陵那一片孤寂和荒凉

2020 年 6 月 22 日

春雨宏村词

一场春雨

迷离了岁月的悠长

锁不住时间

却锁住了细雨声中的历历斑驳

丹青水墨

黑与白已被深深吸吮

黛瓦白墙

苦心积淀被时间冲刷已久的

精神原乡

生命的自然自足

需要什么样的世间来充实

黑白汲取

命运在哪里停留

是否哪里就是你的古老与归宿

闲然庭院

悄悄弥补了一场细雨的惆怅

青石幽巷

稍稍契合了一个内心的乡愁

在瓦黛墙白的屋檐下

我大口用力

贪婪地吸食

农家灶火喷出的缕缕炊烟

确认自己,已沉落

时光久远的如豆灯火

已陷入于光阴闲适的村晨打鸣

此起彼伏的蛙声

浓浓的渴望

月沼湖水,已清晰映射了

宏村，烟花春雨的

空濛和怅然若失的萧然

2021年1月11日

卡帕多奇亚,苦难与守望

夤夜的天空

为沉寂的大地,沛泻

忧悒的月光

每一颗疏星都有不为人知的

命运

人间古老的喧噪

都是无法俯瞰的激流和深渊

幽冥空谷,狼荒山地

哒、哒、哒的马蹄声疾

叩击着明月

叩击着星光

弑杀声起,泪光漫漶

洗不尽古远晨曦的血锈,灌满的

都是腾空而起的声声哭喊

时间的

大河里,唱起一首首忧伤的歌

岩石之城,洞穴文化

岩石教堂,洞穴神学

大雁返飞

一次次签了来生的经圣与繁华

今世却

古卷散轶,残破鄙陋

嶙峋白骨,百孔千疮

风声、雨声

在千年轮回里盘旋、绸缪

层层洞穴,寸寸天涯

你早已守望过的长天

今天,我也来仰望

在这里

我同样无法挺立在证据的阳光下

说明

历史的荒凉

存在于文化中,还是存在于人性中

且夫、且夫,且让我

再回首

面对命途多舛的卡帕多奇亚

道一声

文化啊,请对人性恢宏开怀

2020 年 9 月 26 日

奇琴伊察的挽歌[①]

隔着大海的岁月

隐秘的世界

谁也无法

听到你们远方的涛声

那些湛蓝的天空下坍塌的废墟

都无声地

覆盖着千年深深的脚印

耸立于大海之岸

伟大的神宇

荣耀把凡世高高擎起

卡斯蒂洛金字塔

---

① 奇琴伊察,是世界著名的玛雅文化遗址,位于墨西哥尤卡坦州南部,是联合国批准的世界文化遗产。

额头裸露的

风霜，因岁古深喉而愈发神秘

孤独和寥落

是激情过后的又一次叹惋

黄昏逼近，持续

加深着加勒比海的暮色

这一刻

飞翔的海鸥，你的

瞳仁里

也储满了玛雅人苦涩的泪花

桑巴舞

掩饰不了落阳的忧伤

你的舞步

应当和哪一位舞者相随

以信仰之名扬起的

风帆，你的波浪

应该和哪一条蓝色的大海相连

夕阳落霞,凝重瑰美……

岁月的大伞,已完整地

遮蔽了历史的阳光

玛雅古城的伤婉,是美丽的

落花,枯碎地凋谢在

墨西哥湾

浅浅的潮汐和轻轻的晚风中

     2021年1月27日

十二月党人广场 ①

是感性的释放

还是理性的释放

是向过往等待，还是向未来奔去

回望那些已知的生存和死亡

变狭的天空

也总能

遇见匆匆飘忽的灰云

阳光，在与不在是不一样的

接受风景

遗失绝不是拥有

---

① 十二月党人广场，坐落在圣彼得堡的涅瓦河畔。1825 年三千名激进的自由党人，在广场发动政变，力争达到废除农奴制等目的，后被沙皇尼古拉一世镇压，革命宣告失败。

纯粹的伟大

总伴随纯粹的苦难

普罗米修斯

先见之明的火种

神话在人间，苦难

却在锁链困锁的高加索山上

涅瓦河畔的冬天

行走在十二月的寒风中，告别

远方的时间

枢密院前落下的雪

包裹的激情血花

是一片片断撅的呼唤

历史的奔跑

落满了飞行的子弹

清晨遥远

缝不起来的天空和大地

生命飘落

遗失的

恰好是一整片命运的天空

"高高的骏马

你将奔向何方,你将在哪里停蹄……"

2020 年 8 月 1 日

多瑙河涛涛的回声

起伏的大河

避不开的战乱,绕不过的苦难

哀伤与喜悦

地狱与天堂,谁能解答

——上帝、撒旦

河水浑浊

穿不透的岸影混沌

古堡坍塌

斑驳的弹痕在黄昏里喘息

被书写的教堂

古老的十字架

嵌入于

远山沉云间的电闪与雷鸣

在薄暮的钟声里

哪个方向可以娓娓地抒情

带风的管风琴

失调的旋律，猜不透的乐章

时间简史

历史深处的循环与忍耐力——

花落花开

阳光均匀地呼息

古朴的红瓦屋檐下，满庭落花

蓝色的多瑙河啊

让历史的轻盈再一次重生

起伏、飘逸

每一个音符都没有困惑、猜疑

每一个节奏都没有痛苦、忧伤

空间简史

仓促一瞥

每一种

安宁背后,都是满目疮痍!

每一个刹那,都在轮回!

——短暂,还是永恒

世间很无奈,灵魂

一旦失序打开

欲望就无耻地贪婪张望

还有远方的

尼罗河、幼发拉底河

还有更多更远,无数的大江大河

2020年6月2日

莫高窟,美之历程

十一月

是一个寒霜萦绕的月份

秋天不辞而别

晚风呼啸

猎取了苍茫大地仅有的孤傲

马蹄哒哒声远

踏碎了旷野的落阳

低云下,眼中溢出的都是

凄风苦雨的冷泪

哀怜的夕阳,是渐渐

跌落的呼喊

——美,在被剥夺

美，在被毁灭

初冬从灯火里抽出手

把星空放大，在时间的秩序里

无法摆脱，无力选择

宿世前尘的浸淫与疯狂

哪种命运更沧桑

——谁都无力回答

长天黑夜茫茫

瘦空白昼苍苍

流云已过，来日飘落雪花

戈壁大漠

寒霜的指尖

正穿过古寒忧郁的莫高窟

站在灯火里

慢慢建立起心灵中美的圣堂

冬夜又深了一层，党河

默默地北流

大地与星空相互注视

诗歌与白酒彼此对话

广宇星空

重塑信仰，用爱参禅

莫高窟

你已被苍凉大地的热泪渐渐温暖

2021年2月9日

初上灵隐寺

天高水长,云卷云舒

夕阳西霞

梵音煮熬灵魂

一缕缕青絮,为世俗洗身

青春不解尘染

逸想浮于忘川

跌跌撞撞的春夏秋冬

你来过

然后你又走了,凡世没有问候

你的世味,终究

也是一怜细微飘零的纤尘

——世深如色

——寺深似空

灵隐寺钟声沉沉,烟絮袅袅

黄卷经书,大光雅静

问津人

沉声迷途,仓仓皇皇

广阔天地静

孤独盛大,驱困轻身

除烦去腻

用慈悲,点亮凡俗心灵

"人生哪有多如意

万事只求半称心"

双手合十,眼睑轻敛

零的世界

——我欲颖悟

2020 年 7 月 20 日

晚霞，映照在乔家大院

步入昨日的黄昏

秋色是干枯的

晚霞里的寒风清冽

郁悒的夕阳

轻轻地抚摸古老、沧桑的门楣

五外三院，光大门厅

曾经的奢靡

胸口，大红灯笼高高挂

再广博的大地，再宏阔的天空

春天的盎然

秋天的苍茫

这粲焕的一世

被辜负得

只剩一个惆怅离怀的清虚幻镜

亭台楼阁，雕梁画栋

斗拱飞檐，堆金立粉

——是质感还是弥幻

"福种琅嬛""仁周义溥"

中堂匾额

——是谁

　　背叛了如此确定的灿烂辉煌

大河分割大地

雁南飞，划空蓝天

楼台孤单

庭院落寞

与风天苟且，与雪地偷安

附会一场场冰寒

无法自信

清晰的悲凉拨开石白

灰水浆泥

早已深深地砌入青砖瓦墙

在梅竹双清的亭间

啜饮一杯落阳

恰好收藏一抹孤独、凄楚的暮霞

黄土地踉跄

黄河水蹒跚

被贫瘠的土地,无力

抵抗岁月

谁会为你遗落的记忆,下雪伤怀

      2020年7月10日

维格兰雕塑公园[①]

生与死

关于从夜色走出,又走进

黑夜的感动

世间平行,走神地繁衍

这缠绵

纠结而又死去活来的一身皮囊

是表象的爱

还是具体的痛

激荡地宠爱这世界

[①] 维格兰公园位于挪威奥克兰西北,以挪威雕刻大师古斯塔·维格兰的名字命名。园内共有650个人物,192座裸体雕塑,通过"生命之轮"等四部分,生动诠释了人生老病死的循环,以及人生的意义。

一种人生追逐另一种人生

一种裸露窥视另一种裸露

一种欲望贪恋另一种欲望

在个别里迟钝

在全体里夸张、疯狂

这一刻，不满的人生

不与轮回为敌，不与宿命统一

沿生死柱，走向天堂

呵，幻影世界

自上而下的冷雨人生

一滴滴落进

无穷无尽的黑色命运里

世界并不辽阔

在浑昏中飘忽

在走失中寻找

善与恶

彼此，终将无法被彻底战胜

——生与死都是苦难

即使你快乐

即使你绝望

2020 年 6 月 27 日

以弗所的悲歌

那邈远的伤口

是在什么时候被点燃的

拱门、圆柱、塑像

一座古城的堂皇，轻轻叹息

慢慢熄灭

无法驯服的内在力量

闪烁和平静

自然的毁灭

总领先于人类救赎的内心

爱琴海海浪声声

超越的信仰

歌哭消隐，抗拒的漶漫与湮灭

岁月是无法碰触的

致命的墟骸也是一种风景

绝望如桥

将前世的碎片一一拼接起来

何来冥冥两岸

只有时间和沉默

竞技场、图书馆、浴场

妓院前的脚印……

呜呜

时光已淌过你抒情的殿阙

修补伤痕

粉饰雕栏玉砌

让早已死亡的美丽站立和定位

成熟的伤口处，幽魂

已睁开迟疑而冷峻的眼睛

——悲歌啊

你已无法奢望自己成为遗失的荣耀

寂静中

阳光也是孤独的

但愿命运的踌躇和苦难

都能缓缓地

——穿过自然和历史的悲剧

2021年2月18日

五台山的晚秋

阳光和煦,轻风浮世

蓝天和黄色的山冈

更加寂静,秋色

早已在起伏的山间舒展开来

风中,飘荡着

微微的青絮和烟香,山道

落下一地的枯叶

十月的寺庙

神闲气定,安详寂静

佛堂

高邈光亮,行流坦荡

佛陀

圆通自如,至臻至善

我双手合十施礼,在清香里

体悟禅意

在经诵中感验色空

一头白发,如浮世白云

蓝天下

独守静默

寄存于心中的山山水水

在秋天的秩序中

佛宇寂静盛大

色是苏醒

空是透悟

佛烛点亮人的心灵,经声

唤醒人的卑微

时间轻盈,天空自由

觉悟的时空有永恒的飞翔

"青烟碧树紫云开

安步当车上五台"

在悬空寺

品茶言禅

诵古贤五台诗词

鸟瞰一秋落叶漫向山冈

不经意间

存放在自己

胸膛的万水千山，早已空空荡荡

2020 年 9 月 7 日

短歌行,故宫博物院

时代,已经悄悄地

转过身来

春风式微

白云轻然,你却

依然紧紧地守候着世家天下

昨日的幽魂

我知道你手捧经卷

骑着蒙马

沿着唐宋盛世的幽幽古道

一路杀伐而来

可与欧罗巴

那一场星空放马,飞天可歌的约会

觐见与跪拜 ①

是该奔逐荒原还是飞腾天宇

紫禁城内静悄悄

金銮殿前黑沉沉

你需要的是

被仰视还是被鄙视

你能告诉我

走进历史,该如何

把昨天的草原和今天的海洋相连接

撕开的伤口

沉默的疤痕

该如何向走向深渊的时刻

深深地忏悔

---

① 1793年,英国使者马戛尔尼拜见乾隆皇帝,因是否行三跪九叩的礼节起了争议,最后不欢而散。

遗失的继续遗失

绝望的继续绝望

天空，依然

由熟悉的白云取悦与撑持

曾经的遥远

抽象与具体

乾隆御前一卷经书

紫微宫外一派虚罔

      2020年6月15日

在爱琴海,遥望特洛伊

手心划过蓝水的寒凉

只是为了触摸

历史的辽阔

如同这海水的蓝,是多么独特

死亡起源于爱

这美好的故事令人悲伤

蓝天

是无法消泯白云下的海风的

也无法消泯

一颗星辰

与另一颗星辰间的愤恚与幽冥

星月落地

剑戟阴影下的爱琴海

一匹木马、一把火

肆意屠荡

大海,蓝潮下的血汐⋯⋯

谁也无法解说爱和愤怒,盛大的

美丽缀满哀歌

任何一滴血,一条剑痕

都是多余的

海伦的爱和美也是多余的

历史回声

——特洛伊,你该如何放马高歌

爱琴海的沁凉

惊醒地谛听上帝一声声诫慰

死亡的注释和浇灌

在时间的碎片里

正缓缓地建成一座又一座圣堂

钟声沉静

深深地忏悔，轻轻地抚慰

那逝去的生灵和新生的灵魂……

2021年2月10日

黑雪伤痕：奥斯维辛

冬夜，黑暗深沉持久

在昏睡中惊醒

迟疑地微睁惺忪的倦眼

又缓缓陷入更持久的

长夜，茫茫黑夜啊

带走的是时间、恐惧和生命……

我说的冬夜，迥异于

整个开放的自然

闪烁其词的表达，是如何理解

生命的权利

所有在黑暗中耕耘的意志

都是残忍的

没有生命、秩序和真实

只有在精神意淫后的黑色光芒

我把手放在胸前

护着满腔的忧愤和悲痛

努力抑制住

喷涌而出的喘息和心跳

暮霭中

又下起了漫天的大雪

蓦回首

身后的奥斯维辛已渐渐远去

我疑惑,雪

为什么不是白色的

飘飘然然地坠入昏黯中

"黑雪"

已成为茫茫暮色里激荡的一部分

黑雪伤痕，命运和秩序

过去已经确认

恨与恶，都是人性沉重的权利

——哦，多孤哀的歌啊！

2020 年 6 月 28 日

嘉峪关,日暮与回响

    裸露千年的厮杀

    蓦然留神

    已沉默在空阔的大漠里

    京师的阳光

    伴随风雨,与嘉峪关外的荒野

    不仅相隔千里大地

    还相隔着

    鼓声、嘶鸣和咆哮

    还相隔着

    永远沉寂在辽阔中的

    黑暗、死亡和哭魂……

    在路的尽头

总有忠诚，澎湃热血

追随到戈壁、沙漠和荒野

城楼、门下

哼一曲低徊的小调

盛大四野，嗖嗖冽风

风中飘忽着中原吹来的熟悉乡音

时间

挨着黑色又遁入黑暗

天空

凭着浩大又进入浩荡

生命与岁月

命运与荒漠，何其绝望

道永存

可千年的生死、恩怨

你却永远无法被真正地解读

落日霞光

夕照河西咽喉的天下雄关

能否照耀

那些孤独亡灵的清瘦影子呢

你和我，这是

谁也无法走近的征服，还有喟叹

2020年7月19日

访西席林霍夫宫手记 ①

在磕磕绊绊的黑暗中

世间的窒息

是否会给觉醒的

魂灵,打开一个呼吸的出口

释放仇恨,抚育和解

黑夜中

这是唯一

一个可以被点亮的窗口

世界修行的远方

从来都需要

---

① 1945 年 7 月至 8 月,美、英、苏三国首脑,在此签订了有关处理战后德国原则的《波茨坦协定》。

向庞大的问题作出解释

可时间赤裸粗糙

天空袒露沧蒙

当共同的边界发现光明之前

欲望都在阵痛中奔跑

触摸不受控制

千疮百孔的生命

命运,只属于冲动的一部分

所有的幸运

都是绝望获得的记忆

所有的燃烧,都是死寂般的荒凉

当时空变宽时

西席林霍夫宫

惊奇地把

鲜花、草坪、小鸟和阳光

交给蓝天

一个被遗忘的夏天

横卧在纠缠的天空下

太阳闪耀

恰好需要从一个个微笑开始

烽烟、废墟是一种凄怆

和解，才是时间可比照的灯塔

走在西席林霍夫宫花园的小径

天空蔚蓝，岁月如歌

理解恍惚

灾难，似乎真的从未降临过

2020 年 8 月 3 日

毕苏斯基广场访吟一首 ①

永远无法抵达的春天

冬天的黑暗

将生命的清晨紧紧地掐住

正义与亡灵都是一种挑战

时间驰骋

稀释并隐形了激情、呼噪的世界

伟大的书写

都伴随着永恒而坚定的追问

广场、鲜花、墓碑

蓝天、白云、和风

---

① 毕苏斯基广场,位于波兰首都华沙市中心,系无名烈士墓。

雪白的鸽子

短暂的飞行

纯洁的羽毛，拜访的

春天大地，自由天空

也在霎时，守住了持久的缄默

春意盎然

天地静穆

漫步毕苏斯基广场

追寻无名烈士之墓

微微的慨叹

已卸下沉闷和怅然

——与疑惑一身的访问者无关

面对亡者

谛听磨难，歌唱灵魂

波兰的先辈，早已

安静地躺在另外一个世界

思想你的命运与仰望

轻风微微吹过墓碑与广场

在寂静的蓝天下

歌咏生命

用今天的鲜花

放在你昨天永远的墓碑上

生活是多么美好

我抬头

——仰望那熟悉的太阳

2020年10月1日

静安寺又题

暮色渐近,雨色晕染

满满一手

都是红尘的湿味,从俗世中

走进佛门

衣袖上,是否

都带着凡俗的迷惘和宿命

在经卷的书页上

都有时间流动的烟絮

一批又一批的躬身者

双手合十

语焉喃喃不详

微隙的眼瞳里

朦朦觅见的

都是过于奢欲的腻味手指

"菩提本无树,明镜亦非台

本来无一物,何处惹尘埃"

佛陀殿堂,经释心念

体验与忍耐

在喧嚣中走出寂静

在风雨中闪耀色空

炉烟青絮

经声缭绕

金刚宝塔的刹顶

闪烁着摩天大厦的迤逦霓虹

在清香梵音里

又下起了濛濛细雨

清绵的雨水

能否悄悄地

揩抹尘世间留下的浑浊脚印

生命在空无之间

命运在有常无常之间

我轻轻走近香炉，点上青香

秋雨馈送的邂逅

自己收获的

究竟是宁静呢，还是窘惑

2020 年 8 月 17 日

在峨眉山,听空谷回声

春天是如此恍惚

印象,像晨雾一般地铺展

不动声色的时空

此刻,在自己的

眩幻中,需要怎样的安放

登上佛堂金顶

我向眼前的崇山峻岭大声

呼唤,空谷

层层回响,仿佛

是现时向未来的紧紧追赶

解不开的时间之谜

空间的力量从未如此开放

一阵清风

试图悄悄地

打开并追问自己褊狭的灵魂

大山啊，你比我更独立

我比你更孤单

空间的不确定性

尝试着去

写一首时间之诗

但常常却又像迷幻般地难以表述

孤独闪耀心灵

春山似梦

前世即现世，现世即来世

时间追逐时间

永远只在

空间之内，却又在性灵之外荡漾

佛音缭绕，烟絮弥漫

晨钟暮鼓中

喃喃经声，冥冥地

化作无限时空

已更清晰地安放在自己的

——心魂中

2021年2月13日

故乡的风烟已落尽

已没有什么可以回忆的了

灶火喷出的炊烟

在屋檐下

与乡音缭绕,安抚着困惑和迷惘

青瓦上的阳光

老石桥下的脚印

颓秃、斑驳的矮墙

还有乡邻生疏、冷异的目光

乡愁

只剩下唯一的主题——失望

灵魂是否需要回家

生命和命运,天空和大地

山林、小河

故土、耕作

怎样的呼唤才可以被乡愁——

深情地抚慰

晨曦在树梢上苏醒

声声打鸣扶起了老村的天色

忘情的炊烟袅袅

村边的

小路上还有昨天的夜梦

回望老屋边的小溪

寻觅风的原味和岁月的旧影

遗失的时间和乡野是

无法挽回的

门前的一条小路已通向

无穷的远方

命运,在无奈和疲惫中漂泊

无法追寻的四季

已不可能完成对故乡的一往情深

我静静地

在老村前,用岁月冰冷的河水

烧火熬茶

你看,小河的波浪还在远行……

      2021 年 1 月 25 日

庞贝,为忘却的记忆 ①

维苏威火山喷涌的壮阔

灵魂,那一瞬

刹那的停顿,是沉静的

还是恐惧的

是大自然的作品,还是

上帝的惩罚

蓝色的地中海

和煦阳光下,相逢潮汐、浪花

用生命拥抱雕塑

一个个超度

可呼喊、挣扎、奔窜的

---

① 庞贝古城位于意大利那不勒斯附近,公元 79 年毁于维苏威火山大爆发,但由于被火山灰掩埋,保存比较完整。

幽灵

却回荡在亚平宁的时间深处

阿波罗神庙

无处不在的神祇为何不能

保佑庞贝

古城墙壁画闪闪的红色，留下

千年灿烂的迷思

谁来解惑

哦，蓝天下

阳光已无法进入黑暗的细节

时空张望，千年废墟

街市上

熙熙攘攘的人群

与谁有关，谁能解释

命运与无常

——哀叹来自庞贝

灾难，却已从苦难转变为休闲和娱乐

星空稀疏

弯钩银月,漫步

在那不勒斯海岸,岁月静好

我只想捋一片月色

轻轻地覆盖

夜色中的地中海和哑默的庞贝古城

2020年6月25日

行吟滇西抗战纪念馆

伤口很深

所有的沉默

都能获得尊重和表达

阅微寒凉

借一秋的碎叶来表述成尘波澜

深秋的天空清瘦

站在秋风下

冰冷的内心

把这远方的残酷和死亡

恸哭了一遍又一遍

宽阔世界

老逝时光，世事的纷乱，并非

不需要墓碑的诠释

站在国殇黄土地的落叶里

无法揣测

一只黄鹂飞去的方向

整个天空

都曾扛在遍野秋凉的大地肩膀上

在孤绝的星空下

无泪的沉睡

苦涩的大地承受了多少磨难

何时释放地下的亡灵

盛放你的浩叹

你已离去

今已归来

秋天的白云像一个个巨大的惊叹

遗失的光阴

沿着沉默的碑痕

大地，已将爱的力量展开

天空不再守望着你的孤独

走近你

这寂静

我以注目敲响钟声

——致敬,向你准确地挥泪告别

2020 年 7 月 22 日

冬天的法门寺

仰望灰朦朦的

天空，似近似远飞行的鸽群

在静寂的存在中

体验虚无

在虚无的缥缈里感悟色空

十二月

是一个荒草连天的月份

宽阔的冬野

已扶不起四周淹没的喧嚣

时光茫然

波浪般涌来的空寂

恰巧适合

冥想里储存的荒漠雨梦

和煦的阳光刚刚吐出

改变了

荒凉大地的温度

心灵里下的一场雪

飘落入肃穆的殿堂

自卑的心雪开始悄悄地融化

似远行依归的我

记忆了整个蔚蓝的天空

佛陀西行，千山万水

炎帝故里，诚实道场

空的自然法则

是时间运动的色

拥有和失去

都是舍去与虚空

多余部分的

快乐，在时空中轻轻抚摸疼痛

远道而归

需要有一首写诗的时间

在雪花飘下时

浮云何处可为家

慈悲在天

此刻

就是——色空

2020 年 7 月 31 日

万里长城万里谣

大漠薄光,谁家的

城墙,耕植在萧疏的光阴里

时间接受悠远

孤独地

丈量远去和未来的天空

所有的烽火

都在时光中

简化成各种独特的尊严

连绵起伏的长城

屈从于

不可妥协的大地

岁月的理解,又无法被深深地触摸

山海关的大海

如何经受狂飙的时代风雨

万里连云

忽略的远方

嘉峪关外的苍凉里

风的影子在沙的时间里泣哭

春秋的月光

覆盖在烽火台上

关隘星光下喷出的血

血啊,留下了

岁月的温度和千年的红色

命运的钟声

点火

坚硬的历史有了冲动的理由

明月星空

今天谁在领受灯火的繁华

"与君初相识,恰似故人来……"

对应的城墙

沉默、悲悯

呜咽——

早已深深荡入孤茫的时空中

     2020年7月3日

烟雨乌镇

行吟晚春

我乘着迟归的小船

穿过了西栅的通济桥

再游访了荷花、雨声、白莲塔……

逢源双桥,岸柳依依

你能留住

古巷青石板上先人深深的脚印

烟雨幽幽

穿过唐宋古风的灯火记忆

炊烟袅袅

却已坐享

春秋之水流淌而至的吴侬软语

寂寞的立志书院[①]

细雨方言

乘上泊在岸边的乌篷船

能接回

《子夜》的夜归人

我已到访

你来证明

在孤行的生命里

命运的记忆总是躲躲闪闪

乌镇的灯火

远远地连接着历史的荒野

隐秘的呼唤

记住,步履蹒跚

你是如何才能安详地抵达

[①] 茅盾先生1896年出生在乌镇,"立志书院"位于茅盾故居东侧,现为茅盾盾纪念馆,系茅盾幼年读书的家塾。

杏花烟雨春迟暮

一杯三白酒

刚好接近子夜

随心所欲的喧嚣和晚灯

意兴阑珊

渐渐嵌入了沉静的春风

2020 年 6 月 1 日

圆明园，冬夜的回声

皇恩浩荡，面对京城

渐起的灯火

我迟迟

无法对一片废墟转过身来

沉默已话遍沧桑

合眼已洞悉伤痕

选择废墟作为归宿

是在呻吟苦难，诉啸仇恨

还是在

鞭挞愚昧，激昂灵魂

十一月，是一个

阴寒寡淡的季节

夕阳披上迷迷蒙蒙的细纱

朱桥粼波

忙于秋冬之交的河水潺潺

一棵杨树的枯萎

把自己自卑地躺在

细长的阴影里

梦不见的猥琐,谁在体验苦难

夜色渐渐浓郁

月色乌蒙,依依随风飘临

树影残垣

人迹幽魂

横亘在秋色冷隽的霏微中

谁说季节是有秩序的,弥漫着

恍惚的墟间

我在圆明园的黑暗中

穿行,轻轻地

抚摸着流年深处的疤痕

暴风骤雨，啸吟世间

成败戚欢

早已进入历史漫漫长卷

天命中的荒芜

人间洒满的

都是难绝的彷徨与复沓

无序的牵引

你已无法自觉舔舐自己的伤口

2020 年 9 月 8 日

九华山春晨的钟声

超越时间的觉悟

灵性幽静

青袅絮烟

轻轻的经声被反复

诵吟,能否

吹破灵魂的僵硬和孤独

当晨曦,在山间的小路上

迷蒙地苏醒

晨风微微

会否把人生的欲念重新唤醒

是否需要

那缭绕的青烟

牵着孤薄的身影去拨动

心灵的梵音

叠翠的山峦，瀑水千丈

飘然的仙气，登云杳冥

"惆怅旧游无复到，

会须登此出尘泥"

迷茫命运啊

清雾中，淡淡的

月钩，还悬在你的缄默中

春晓深寒，禅房打坐

曙光微霞

山间旷野一片寡淡、清欲

朝华已绽放

循环正更替

寺门轻轻打开，佛经声声

晨风中

钟声响起，世界已静、已净……

2021 年 1 月 29 日

第二辑

云月逐天涯

写意,莫雷诺冰川

蓝色的梦幻

冲破了时间湮没的边界

千里冰封

拾取亘古的寒川和幽蓝的寂静

惊叹,作为一个感慨的词

在此,虽深得

我的暗许和确认

却还是包不住自己心中的火焰

沟壑纵横,峭壁嶙峋

雾升气腾,云蒸霞蔚

沉闷的崩塌轰鸣

雷霆万钧,银屑抛撒如微茫飞逝

澄净的蓝天和白云

清澈满目,苍冥之下的

自然

掏出更多的是自在与从容

我拿起冰镐

敲打起万年前的冰丘

轻轻地触碰着

冰凌粗裂的时光棱骨

光阴寂静

犹如风驰电掣、万马奔腾……

时间是自由的

揉揉湿淋淋的碎凌

缓缓伸手,把它放入威斯忌酒杯

轻轻地啜抿……

莫雷诺冰川

想不到,在此

你似乎在另一个时空中

能让我

——**现在**

静静地眺望并体验到了存在的自己

是啊

时间是在自然的灵魂中

奔跑只在尘世的肉体里

这白色的幽蓝,是

遥远的问候

纠缠,确定了

记忆的生命是又一个存在

世间风雨匆匆

掩饰了所有的盲目和虚妄

像市井吆喝

也像醉生一个个不期而至的梦魇

来往却又杳无影踪

又有谁想去

顿悟眼前的那一座座蓝色的冰丘

2021年1月18日

在冰岛的火山下旅行

从纽约起飞

一觉醒来

飞机已降落在凯夫拉维机场了

微醉夕阳,静幽远方

四季开端,冷酷仙境

已深深奇崛在

冰寒深处

辜负了的粗雪和寒阳

有一种灰霾使大地兀然变暗

秩序总落下一些苟且

世界尽头的孤独和冷寂

春天,只是

一个冰凉的名词

可那些寂静无声的风景

是多么走红啊

沉寂在瞬间爆发

——艾雅法拉火山

欧罗巴

已撑持不住你的喷发与闪耀

时间积蓄起来，就已

聚成了呼啸

生命高扬

需要到达一个更壮阔的命运

但是否，又必须使

无辜，去

承接一个低地的悲哀和归宿

大地不能

只有冰凉的印忆

那些未被

引爆的沉睡到底还有多少

早晨九点,天还未亮

冰雪已舒缓了僵硬

我起身旅行

此地是

"冰雪的高地"

或叫"寒极的荒原"

我是以春天的散文

还是以冬天的小说

或者,是

以季节转换的哲学作为开端呢

2021年2月6日

蓝色的时空,爱琴海

——旅行在圣托里尼岛

这海水是星星露水做的

黛蓝、黛蓝

蓝得比天空更广大

蓝得比时间更久远

蓝色是一种叙事和张扬

理解,有时是一种困惑和失望

时间是如此坚强

空间的维度是不可知的

再澎湃蓬勃的蓝色大海,也无法

为自己骄傲

这默契的悖论

波浪终将隐没在辽阔的干涸中

海风沁凉

一首诗很难回答，火山

剧烈喷发

与圣托里尼岛形成的关系

也很难回答

爱琴海的黛蓝

与费拉小镇的白色

以及小教堂塔顶上蓝色的关系

时空，常常

被理解为一种孤独的神秘和恐惧

坐在海边

只是为了与蓝色倾述与对话

祈愿眼前蓝色的波浪和涛声

拧出轻微的歌声

不易理解的蓝色，从混沌

走向清醒

晚上，若能一醉方休

完全符合

星空、大海的蓝色与豪爽

在新月形的海边

昏瞆的眼神，已溢满了

蓝色的浪潮

在时空中悯想，那么如何才能

厘正神秘和恐惧

并让这种蓝色的冥想

从容地服从自己的意志和存在

      2020 年 7 月 25 日

阿尔卑斯山随想

九月,轻风微寒

满目早黄的树叶

蔓延在

阿尔卑斯山岳的微雨含烟中

我热爱行走、爬山

我喜欢微风、细雨

这不熟悉的山冈、秋雨和烟岚

落入眼帘,打湿肌肤

抚慰自己的心灵,不经意地

介入和思索

远方的逸想和异乡的哲学

溪水

比昨天湍急了许多

为了奔流与激荡

——崇扬理性，驰骋理想

为了启示与祈祷

——整理信仰，纯静内心

歌德曾经走在山冈上

"人丧失了自我，

我们便失去了一切"

时间的天空是不会湿神洛魄的

山野空濛

在阿尔卑斯山和风雨之间

自然与人生

都有——被衡量的标志

直到有一天发现

每个人都曾不自觉地自我放逐

微薄寒凉

群岚一派寂静

涧溪在脚下自觉地流淌

"美是理念的感性显现……"

黑格尔走过的山路小径

雨仍然在脚下缕缕缱绻

他仰望过的峰岳

风仍旧在头顶频频旋回

——静物、轶事

我欲想

能把自己置于理性的审美之中

山峦叠嶂

风雨中

灌满的都是遥远的睿语哲絮

岁月绸缪

自身的命运

是否已被错落地借用

在生命的天堂里

能否继续保持住持久的瞭望与闪烁

2020年9月24日

尼加拉瓜大瀑布

磅礴气势,豪情万丈

茫茫水幔,潇潇雨歇

十月的阳光下

轰鸣澎湃的瀑水银河九天

时间独立

大河波澜壮阔缓缓流逝远去

一种高伏的呼啸

已被大地

深深嵌入远方寂静的天际中

深深屏息

那如此完整的存在和完美的永恒

自然的无限和生命的短暂

究竟有什么区别呢

就像眼前

这条浩荡的大河

你是否知道自己的奔腾

你是否知道

你对生命的滋养、崇敬和

生命对你的信任、依赖

超越的此刻空间

生命

应已超越了自然的范畴

彼此一样，我们都进入无限与永恒

大河，我不为你稽留

只感受你的

激荡，那不息的奔流

一波波

浇灌我们日渐枯萎的昏沉

人间正道,遮不住

红尘潇潇

人生如漾,波峰浪底

超验的永恒

是平凡和平静

更高的深刻是忏悔和祈祷

"天空未留痕迹,但鸟儿已经飞过"

2021年2月15日

雪花落在玉龙雪山上

当我

用垂直的眼光凝视雪山的同时

时间的存在性

一种象征

在心中慢慢形成

——以此理解生命与空无

是否为了激荡心中的

澎湃,雪似乎哗哗地越下越大

时间是自由的

我反复思考命运中已紧握的确幸

生命的偶然

是时间中不确定的存在

必然

仿佛此刻，已能

听到雪花冉冉飘落山体的声音

这是一种

时空中掉下来的确定

雪山刺眼的光芒

使得命运的翅膀有了飞翔的时刻

风阵阵地抽打着周围的

惊雪

时间流逝在过程中

我可以用冥想

轻踩雪地里

留下的嚓嚓作响的脚步声

以及大地

散逸在飞雪中的粗重喘息

当我

用垂直的眼光凝视雪山的同时

空间是确定的

陡然的具像

此刻,大雪却已经杳然无踪

站在山顶

那是一种真实而无法解释的空无

一抹晚霞渐渐越过峰岳

玉龙雪山,已被

轻轻地覆盖了一层金色的寂静

      2020 年 5 月 28 日

在雨岔大峡谷,描述世间……

潮湿的风声和水声

一遍遍地

撞击着大地古老的沉睡

大峡、大谷

在你不显露于世时,烟凉雨重

风霜雪寒

孤独覆盖孤独

沉寂淹没沉寂

可自然的寂寞

又需要多久,你才能

浮出珠玉之光,丽日之辉呢

风过有声,雨过留痕

时光的伤口

都深深藏在万壑千仞中

苏醒像一抹

早霞,慢慢点染清瘦的山梁

那低垂的静默

渐渐显示出绝妙的遁世之美

蓝天可以作证

当我走进你的时候

你已经历了千百万年的惆怅和沉睡

沉寂多于喧嚣

悲怜多于喜悦,我爱

你的沧俊,其实

只是对大山大河,对世事的好奇

走出雨岔大峡谷

思绪渐渐淡然

独立和自觉是多么可贵

放眼天下风雨世间

都与雨岔潜藏的奇丽、稀异相对应

阳光下,大自然

一如既往地高枕着自身的法则

山水,安之若素

白云依然在山水之间悠然

世间,如同自然

冷峻地悸动

命运,也始终

依然故我地被动和迟滞……

2021 年 2 月 8 日

黄河第一弯的夜色

秋色濡染

绿颜已枯黄

山岳层叠峰起逶迤缱绻

大河曲幽浩荡蓬勃纵逸

时光深邃而古老

腾空的年岁

留住了旷野久违的静寂

时空的另一种休眠

远去的隐灵

望着迷幻的背影，该用

什么信仰来保持对你的频频遥望

云朵浑融舒卷

丘壑冷逸峣峥

河畔晚风，无声吟哦

"行到水穷处，坐看云起时"

风翻春秋

一页地狱，一页天堂

自觉有限

盲目从来都无以穷尽

大梦似真

王朝宿命

河风葬骨吹蚀世间漫漫沧桑

深秋暮色，依稀

闪烁的疏星已经透出薄云

大河大弯

隐约能听到远方落雪的声音……

渡口的河水

已衔接眼前的灯火和涛声

夜色沉郁，山朦水长

天上，还是老月亮

2021年1月10日

再上黄山观云

天都峰的云锦

韵味绕空,复沓回环

岂不是一片片翕动的灵魂

俯身坐地

头涔涔,眼茫茫

似闲云野鹤

抛去了盲目登峰的风霜

浩渺云波,能否

也卸下了精神里远去的空泛书章

过于虚弱的心魄

与过于浩荡的白云

纠缠在过于沧桑的脸庞上

世间的人烟

眼前的云

是否多了一个又一个虚空

"当我到达高处

便发觉自己总是孤独……

我在高处究竟意欲何为？"

我的注视，旁搜远绍

穷尽皓首，敞开

深秋的思想荒野

渐渐展现自身意志的存在

时间终将摧毁一切

生的意义，是点燃胸膛的火焰

那是多么旷阔和幻渺的云

我伸手

抚摸身边粗壮的松树

松针已枯落一地

哦，是啊

那只是一片微小而又奏效的苟且

晚霞溢彩，群山苍茫

"暮色如同逝去的年代"

我又从莲花峰瞭望（自己）

洄游目光

波动的云海，浮漾、腾荡……

2020 年 7 月 26 日

秋色、秋水九寨沟

世事狂飙

烟灰火屑

如此滚烫、喧闹的尘世

这一刻的寂静

却给了我一个意外的完美

晨曦中

面向一片平静的湖水

我无法知晓

水面如镜,究竟是怎样做到的

是风吧

只有随风飘落的秋叶

才能让你的

水面微启褶皱,有了涟漪

透明、洁净的湖水

清澈的倒影

是关于我对存在的幻觉

尘世中的迂曲

我拥有自证的预言和浩叹

时间曲狐

轻掠湖面，自己

能否应对，并向俗世作简易回答

刚刚熟悉的秋天

春天走过的艳丽，悄悄地斑驳

花香叶色，已有些

菲薄和萧华，但那些花蕊

依然斜逸横疏，暗香浮动

依旧妖娆恬淡

一枚枚落叶

恰似洇开一段段轻轻的告白

绚烂、多姿的春天

只是一段清风盈袖的往事

九寨沟

秋色安详，秋水似镜

适合一个人的孤独

微风，能疏释心中的苍苍茫茫

我不是为感时伤逝而来

一个人

若拒绝灵魂同化

应该能

真正超越那些经历和时间

世俗虚渺，时间流逝

已无关紧要

      2020 年 9 月 5 日

在南太平洋，品读"十二门徒"

翻腾的巨浪

一波一波拍打着黄昏的海岸

落阳斜晖

已扶不住大洋岸边的徒岩

突兀的礁石屹立

携着孤寞和信仰

正叙述着

岁月的那部分磨砺和沧桑

时间的海浪一定确定了什么

使礁岩

充溢着独立的自尊和凝重的静美

可有些存在正在悄悄远去

在暮霭的夕光下

已吹起一片片轻微的忧伤

一望无际的南太平洋啊

坦荡无畏

你是在激荡，还是在包融眼前的

悬崖之子

十二尊徒岩的

身躯里

贮藏着大海深处的神秘

伏守着岁月流逝的信念

俗世艰辛、寒凉

你早已准备好的是

足够的欢笑和鲜花，还是泪水与伤痕

借夕阳的昏黄

我们不停地交谈彼此的涛声

可在子立的礁石下

我又开始

怀疑海岸暮色的空茫与虚无

停顿和静止

是呵，有时渺幻

更具有真实的美学和哲学的意义

辽阔的南太平洋

烟波浩渺，奔腾起伏

太阳刚落

光与线，很轻、很轻……

2021 年 1 月 17 日

对话，科罗拉多大峡谷

湛蓝的天空

俯瞰着科罗拉多大峡谷

天马腾踏

宽阔狂澜，孤行者

向大地提出了自己的迷思迷惘

悬壁断崖，磅礴沟壑

峡谷逶迤迢遥

旷野乌蒙苍茫

时间是怎么长出来的

自然之美

为什么总是带着如此饱满的伤痕

跋涉者的沉思

是独立的黄昏

暮色幽冥,是一种

静穆的幻觉

似如地峡氤氲之气的祈祷

虫鸣四野

夜色濡染

静默中仿佛有赞美诗隐隐传来

音无尽,意无穷

我没祈祷

只在

深壑的夜暮下缓缓摘下了

灰色的墨镜

交错时空,朦胧意境

在黛青星空下

我用笔

蘸着科罗拉多的月光

胸意大峡,疑问天空

——你是否

把大地的伤口也当作人世的疤痕

朗月轻悬,洒下来的

片片柔软疏影

似圣音,正轻轻地

抚慰着世间的苦痛与自然的伤痕

2020 年 9 月 30 日

西西里岛黄昏的印象

十月的傍晚沉甸甸的

夕霞,像无法遮蔽的暗红

是否是

遥远世事过敏的血痕

时间停留的远方

孤暴的黑手

西西里岛的籁音,仿佛

只有葱郁的橄榄树在静静倾听

时光缱绻,大西洋

已收藏了你诡秘而黑色的故事

世界曾炫摆你的风流

却又在惋叹你的风霜

走在松绵的海滩上

腥风拂面

我一眼

就望见了前方忙碌的小渔船

和眼前沙滩上

阳光女孩裸露而暴胀的乳房

海浪卷走的

风暴，海风是否会再吹来

金色的萨克斯既浓郁又低沉

犯罪与赎罪

无情与有情

Speak Softly Love[①]

似乎正汩汩倾述流水的往事

濯洗早已流逝的岁月

---

① 美国电影《教父》的主题曲《柔声倾述》。

白色的遮阳伞下

手捧啤酒

我摘下了墨镜

屏息等候那一轮血红的落阳……

2021年1月4日

梅里雪山，仰望与咏叹

我祈盼辽阔

你却用沉睡唤醒了我

多少次仰望

当我们用纯净的眼神

凝望心中的雪山

内心呼唤

飞翔，永远的心火渴望燃烧

来自远山的敬仰

却能听到落雪飘逝的叹息

雪山的谜语

山脉的秘密

也深深触碰到了自己内心的惊奇

多少次不经意的攀登

意外的踩踏

生命，却常常

只展现在命运的潦草中

在苍莽间

在时空中

传递来的都是无言的默默祈祷

阅览无数的冰峰

梅里有雪神的思想

天色一倦，人间沧桑

人性俯身，雪岳安详

暮色已渐浓

晚霞雪印

空岳不空，山风嗖嗖为我送别

边陲雪山的神秘

无意敞开

那是一个

令人去深远理解的沉默与崇拜

我用平静的眼神

回望美丽的卡瓦格博峰①

神山信仰

一种力量

是多么安详，多么的宁静……

2020年8月6日

---

① 卡瓦格博峰是梅里雪山的主峰，海拔6740米，是藏传佛教教义中的四大神山之一。

西湖子夜行吟

唯有你的寂静

才能聚存我的孤独

那些遗失的时光

从那深蓝的天空

从那闪烁星星的云隙里，轻轻

飘泻下来

云谲时光，苟且浮生

那是

谁也无法替代得了的心灵疑问

理想的春天

又往往让人坠入现实的冬寒

在这世界上

是否应该存在纯粹的清醒

在觉悟的阳光下

自觉地远行

可白日和暮夜同起酣睡

你无法缓慢行走

人世的匆忙

春夏秋冬

与衣食住行，与死亡一起展开

徐风中

西湖的涟漪正在微漾地荡开

轻盈地渐渐远去

波痕永在……

对岸的灯火和深空的星光

是一样的

无所谓眼前或远方

隐约龙山圣地，湖山空阔

道性无为

老子的哲学

更接近事物的本质

"卷地风来忽吹散

望湖楼下水如天"

水光高邈,道法自然

心灵越来越清澈

西湖的月色

你用美学的寂静

温婉地增添了自己孤独的力量

2020 年 7 月 17 日

呼伦贝尔,星空永恒

十月的星辰闪烁

孤独地仰望

数着、数着

静谧的飘渺,枕着无尽之梦

陷落于草原广袤的星空

幽微与弘旷

划过的流星

在精神的幻影里翱翔

我被纠缠

自己属于哪一条空濛的星河

十月的晨曦

有着罕见的象征意义

形而上的馈赠

像一首诗打开了一个绽放的梦

眼睛里

蓄满了湿润和光芒

开启的心魂

是生命执着的哪一部分

婆娑疏影风摇曳

草原的吉祥

犹如身披一袭袈裟

慈悲连天

这无边无际的静寂与安详

"雄心壮志两峥嵘"

星空渐稀,"白草原头薤露声"

是啊,谁又能

独自握紧

凡尘岁月中那一抹匆匆的永恒

没法把灵魂交给星空

也没法把身体留在草原

我的抵达

静静地、醉醉地

倒一盅尘世与星星对酌

慢斟细品

是哦，生命的驰骋

永远覆盖不了辽阔的星空

灵魂，不是开始，也不是结束？

      2020 年 8 月 9 日

黑龙江，黑土地颂

大地沃野千里

这秋天，云舒云卷云游

水涟水清水柔

纵横阡陌，金色陇野

高光彻照大地，浩浩荡荡

无垠无际

多可贵的金色见证啊

雁影长空

苍天回声

大地在深深地沉醉、沉醉

时代的真实

广袤原野

正在匆匆吸收受伤的光阴

远观荒原殇雪

追溯岁月伤郁

如何恪守大地深处的平静

如何遵从灵魂高地的信念

让黑色之手

再也无法

修筑大地的苦涩与苍凉

秋风

正刚好吹过身边的麦地

大田如浪

沙沙沙，沙沙……

蓝天下麦香的声喧是多么的安详

夜晚，星月恬静

——"为人、为生命、为和平"

——"把阳光洒满人性的原野"

对，把黑土地写进

记忆，应提升和丰富时代的

呐喊

夜已深，我在想、在写……

2021年1月15日

渤海晨昏曲歌

朝霞微启大海

清晨，总是自然而然地被天空
循环重复
海滩的浪涌也一样
信步闲庭似的潮情，面对无限的
大海之岸
被风雨无序地收放嘲弄

海风带着咸涩
吹散了我的脚印
和我正在思考的那一部分
天空和大海

日月往复，总有

一些认定的真实和愿望

在无法

消弥的困顿和复沓中

——等你

不动声色的海沙

扑岸的海浪伏涌不尽

在循环消失中

无法让人找到一目了然的语言

大音希声

就像大海无言

我能理解

天空那些广袤弘渺的循环

我能遵守

大海那些波澜壮阔的反复

……

喔，我是否已深陷海空

——但我更在

试图回答自己提出的问题……

晚霞西斜，背对

身后烟台初起的万家灯火

眼前灼闪的波浪

犹如沙滩上

比基尼女朗眉目传情，脉脉秋波

这心跳，这海风

是如此深情、热烈和美好

原谅我

无法走进你的天空和大海……

哇塞，时空

究竟是无序还是有序的

虚幻与存在

——真实的空是无天的

——真实的岸是无海的

2020 年 8 月 28 日

远眺迷蒙的火焰山

秋天又一次来到我的

身边

梦幻的吐鲁番

并没有给我带来收获和希望

火焰山,走近你却

禁—止—攀—越!

作为沮丧和失望的佐证

喔,令眼前如此

具体的事物,趋于缥缈、抽象起来

空泛,一旦渗透进入了感觉

山岳质朴的石纹

你就会看到被逐步镌刻、重塑

朦胧并不具备清晰的具象

无远弗届

就像梦幻

从来都不具备清醒的自由

在时间之内,实体

呈现现实性

可概括有时却是一种困境

知否

这可是为什么,如此抽象的概念

却不绝地

穿透确定的现实存在

成为时间之确定性

荒野披着原始的颜色,沉浸

在一种幻象的

坚硬之中,远眺

火焰山

你的燃烧

是否真的遁入了山体的深处

是啊

茫茫戈壁，已用宽阔的躯体和气魄

收容、安放

大山你已过于虚幻的火焰

九月的秋天

已无法激荡自己胸口的心跳

湛蓝的天空下，荒漠

已收敛青春

具体已更趋向蒙幻和飘摇

寒气渐浓

人烟疏淡

用沉默交谈，浅思浮游

大地，若从

无涯的旷野中醒来

那一刻，我还是要登上火焰山的

2021年2月27日

长白山,主峰的雪花

到处都是历史的雪

无法擦洗的山峰

时光,却在山脊上停滞悸动

弘阔的云幕

无法呼唤的寂静

我诚然

接受那些宽广的雪色缄默

很难想象

远处山峦的积雪

其实蕴藏着茫幻而盛大的象征

象征着

宏达的目标,至高的主义

也包括

那些艰难的行军和已佐证的太阳

太舒静了

冬眠的眼神

把千年的雪山化作今天的安详

时间洒落山峦

反复抚摸

寂然和那些山野裸露的粗糙

为了回避

在白色的沉默中逢遇远去的

灵魂

自己匆匆戴上了墨镜

大片雪花

飘飘然然地又洒落下来了

一种天择

一言难尽……

2021年1月2日

岳麓山下的随笔

炫动在时空中

我们该用什么来填充蹒跚的

秋色呢

脚下的枫叶

是山林季节的修辞

走在其间,是否

正在书写一种路径的确定性

潺潺溪流,泠泠涧水

拾阶而上

夕阳西下

橘子洲已沉浸在薄暮里

如此和谐的融合

白天与黑夜

过去、现在和未来三重合而同一

信赖四季的变化和流逝吧

人间从不缺少善良

更不缺少邪恶,一切的

愉悦与忧伤

像涧溪,已从身边缓缓流过

像书院

在喧扰的世俗中竭力

朗朗诵吟

以尊严地抵达远方的平静和安详

晚霞

正沿着枫林的方向展开

终点的确定性

是关于开始与结束的一致性

心智缄默

时空确认

在玄幻外，大山已拥有了我

在玄幻中，我已拥有了大山

2021年2月14日

塞北风

冬夜清瘦

弯月和寒风在枝头斜簪

一地寒霜

苍凉得没有一点声气

天地静穆

那是一种与

大自然最为默契的匹配和铺成

茫无涯际的空旷

时间已经受了深深的伤害

还剩余什么

可以再卷走荒芜之中的苍凉

众鸟飞尽

残云孤悬

在清月垂怜的星光下

孤独的心影如此空泛

记住今晚

深陷的荒凉是被谁发现的

大漠苦寒塞北风

视野回归里的奢逸

杯盘狼藉,充满浮烁虚幻之词

兴悦,难掩不尽的旷野凄怆

夜空中忽现盘旋的孤鹰

你的飞翔

是在守望

如此苍茫的天空和大地

生命野性

所有的力量能否在空旷中孕育

时光无限

所有的梦想能否在寂静中重现

塞北风冬雪荒漠

江南雨春风杏花

那一晚

1995 年,夜宿甘肃兰州

遥看星月起落

——不是为了告别

2020 年 7 月 14 日

加勒比的海岸、海浪

晨雾打湿了萌梦

时间在冥想中流动

这空洞的海滩,潮湿的涛声

让晨曦拖沓漫长

时间的力量

我的理解就是自身,即时间

不需要其他解释

它已是不可动摇的最高站立

推开窗户,海风微凉

我把整夜的混沌

交给眼前的海岸和奔涌的浪涛

清晨和黑夜早已

互相更迭

犹如逐浪进退的潮汐

你无法在岁月中

追溯谁是起点,起源

只在时光中

哦,多么

抽象又具象的运动与存在……

生活在时间中

时间是我的,可自己

却无法独立控制和奢侈消费

快乐短暂啊

这是如此沮丧的一面

让急促的人生过于茫然

这个题目太荒谬了

还是太哲学——哦哦

飞机送我回家,先在

洛杉矶转机

然后再回故乡上海

美丽的加勒比海岸、海浪啊

我，一个不带光的人

是无法蹒跚地穿越奔流的时间……

2021 年 2 月 21 日

黄石公园，星空咏叹

夜色墨空

无限苍穹

黑暗渐渐地泛起躁动，泛滥的

星空，压迫了下来

那无法喘息的银河浩荡

霎时的惊与惧

犹如阅读罪与罚

摇动着世事的荒凉与人间的沧桑

暮兮魂兮，归去来兮

时间走进历史

世界兽性的幽魂在黑空中

匍匐冬天

空虚膨胀

将吞噬、翻飞生命的清晨和阳光

剥失抽离,那些

天空与大地共处的秩序与节奏

穷奢闪现

那些唯我独尊的谎言与威严

沸腾的世事

谜团的人生

灌满的都是浑噩的时日

面向头顶上的星河

可以卸下自己身上的隐喻和戏妆

孤独的背影,背负了

多少浑浊和迷惘

能否回归辽阔的天穹和永恒的星座

仰卧,在这窒息的星空下

银河肆意寥廓

用生命和命运

确实无法解释世事与人间的

荒诞与无常

是否,只有

在高维的星河中,才可能

更真实地接近

——人性的面目与真谛

2020 年 8 月 22 日

云水诗画,长江与三峡

2017年深秋

我在重庆濒水而居

面对滔滔长江

蓦然,我知道

自己正憧憬着一江大河波澜

日暮晚霞

夕光映照在朝天门江边

晚风西吹

长河东下

奔腾不息与陡峭崖壁交互呐喊

三峡大坝

以壮阔与浩荡

掏出一代代人向往的心魂

游轮上

鹦鹉学舌,附庸风雅

我在宣纸上

仿学唐宋先贤明月中的云水诗画

时光滴滴,墨迹滴滴

船桅上静静星月

夜空下滔滔江水

隐约可见的江滩和那些粗石

已淌过了日月的沉沦

在时光的

隧道深处,默默地恬退隐忍

山林间传来的几声鸟鸣

似一缕缕轻愁

却远远浓于自己的行游水墨

悲郁相叙,千载飞魂

江面上

刚刚漫起的薄雾,更像

一种伤逝

落满流离、颠沛

抱憾了"千古兴亡多少事"?

夜深,波轻

淡出墨迹,宣纸明朗

手持酒杯

晚风中

把汩汩的冥想倒入大江

让东逝流水

渐渐平复自己心中的波澜……

2021年2月5日

渤海湾行之吟

黄色的波涛

已将蓝水的神性遗失

在盛大的海岸

请选择

用轻盈的蓝色,濯洗、跌宕

身边的大海

迟钝的脚印

深深地陷在黄色的沙滩上

落日中

海风像火烧云一样剧烈翻卷

当纯粹的风声

呼啸这片黄色的海湾时

只留下一阵阵抖音,耳畔的

音律

在幻影里丰盈

在现实中枯瘦

总有一些海风

掀起一阵阵更大的咆哮

在这秋天的海滩

涌向岸边,黄色海浪

前赴后继地

一次次撕开激荡的季节

前方的海湾

一次次泥泞在黄色的波浪中

广阔的大海

大地的凉热已被你深深地浸染

伸展时间,如何

紧紧保持

与蓝色大海的向往与奔腾

再远处的大海

你是黄得更沧桑,还是

蓝得更翠黛

2020 年 8 月 13 日

在蓬莱,巧遇海市蜃楼

晨雾唤起的梦幻

一次次地期待陌生的大海

独舞波澜

静寂的空阔

给喧闹的波浪堆出一片片

蜃楼天光

迷幻的潮湿

迷幻缥缈的癫狂

迷幻霾烟变幻枯荣往复的城郭

茫茫的虚时光

已提交岁月的

天空,为眼前的空濛动情

静坐，观海

起风、起风了

我陡然洞悉了大海的神态

涸散的片片梦幻

已抱不住

自己内心的浮情和矫涩

大海啊，奔腾有不倦的涛声

浪漫的理想

站得越高，失望的心神落得越低

无法取悦的蜃楼

海风吹来

在瓦蓝的天空下

只适宜

给自己品味一杯日照粗茶

仰望大海，审视内心

与天光作别

倾听信念的流动，顺从

内在的力量

让自己胸膛

激荡起一波波灵魂自觉的涛声

2021年1月1日

风雨大堤顿

远山如黛

层层叠叠，旷远连绵

隐约的相遇与克隆

薄雾烟岚

斑驳空野

湿漉漉的秋寒，衣袂飘然

毫无疑问

这是凝望，我向

过于抽象的问题躬身

短暂向永恒致敬

风呼呼地包裹着大山

罡风呼啸，密实无间

寸步难移的身体，颤晃山峦

四野空濛，摄魂夺魄

母庸置疑

这是恐惧，我向

过于现实的问题躬身

怯弱向无畏致敬

暴雨沛至如盆

袒露的雨水

裸露的雨声

如此陌生、浩荡的雨

只有浸淫过的肉身，才会作证

不可否认

这是遭际，我向

过于常识的问题躬身

沮丧向乐观致敬

平行的世界

在自己的

那些漫山遍野的遭遇中

未来和希望

都需要理性的无数次转身

关于命运

哦,早已漫过了平凡生命的偶然

2020 年 7 月 7 日

歌品武夷山大红袍

高天浮云下面

鸟语深深浅浅

叽喳着不断流逝的年光

一杯红袍

（昔日猿猴摘叶，天子品抿）

依稀能听到叶芽萌动的

声息，氤氲山色

默然无语

浮华尘世

幻游山间

所有的快乐源由无径

所有的困惑去踪无从

过去的一切已落定

成章，未来的一切又何从向往

白云悠悠淡薄而辽远

翻开书章

泥泞一手

春秋的四野

来自天空的哀叹

每一页兴衰都是关于云絮的变化

大路迢迢

野兽多于温情

春天已回到手上

大红袍叶在茶水里荡漾

这疑惑

乍然使人既诧异又欣悦

啾啾鸟唤

竟然能啄醒一场闲谝之梦

宋人陆放翁游武夷山

曾曰

"学道虽恨晚，养气敢不勤！

宦游非本志，寄谢鹤与猿。"

隐游于碧水丹山

涧溪闲逸

山野灵秀

更远、更高、更荣光？

除了学似归隐

——你还能上哪去呢

2021 年 2 月 1 日

再上庐山晚记

香炉紫烟

"飞流直下三千尺

疑是银河落九天"

——浮想联翩是一种求索的渴望

可此刻,即便

奇思异想

总也带一些怅茫和忧悒

暮色苍茫锦绣谷,此时

可否这么定义

历史,不论多久

终究匆匆一闪而过

短暂岁月

流逝在无限的光阴里

大梦如真

充塞着

一个个英气逼人的茫然脸孔

在绝望中闪烁希望

在希望中触摸绝望

含鄱口湖光山色

极目四眺

一张口

欲吞尽滔滔不尽的鄱阳之水

十二月的湖面

有捞不完的水和如水的

月光

谁能释放灵魂

谁能轻轻碰触它

把无边际的沉默深深地填满

宋,东坡居士曰
"不识庐山真面目
只缘身在此山中"

然矣,又在这不恰当的季节
再上庐山
面对晚景,谁会有恰当的风情呢

2020 年 6 月 18 日

新疆沙漠与胡杨的怀想

枯藤老树

却又挺拔高昂的胡杨

是沧桑,也是深深的震撼

紧随西行的马蹄

我双手捧起一把荒沙,高高扬洒

湛蓝的天空

抚摸荒芜中的胡杨

抚摸到了你沉默中的心跳

时间并不躲闪

那不朽的力量

只有蓝天和浩阔的大地,才配得上

与你一起跳动

伴随着远去的驼铃声

热阳吹拂

沙海蹄印

凡间已遥远，此时

我停下脚步，静静地坐在沙丘上

沙海穷处

更大的荒凉

是来自广袤的寂静

还是来自胸堂的澎湃

自己的心跳

能否缭连

胡杨和眼前宽阔的时光

能否抵达

渺远的星空和远方大地的猎猎旌旗

晚上的月光温婉恬静

星空高邈深邃

无意的沧桑

沙漠中的胡杨是不会迷路的

夜的静寂

有苍鹰在墨空高高飞翔

梦中，号角连天

隆隆的澎湃、喧扰

正是左文襄公西去的马蹄声声……

2020年8月19日

漫步那不勒斯海滩

所有的喧闹都是从海上来的

包括涛声

浪滔滔,滔滔

那些遥远的

波浪,反复涌起的涛声

海风带着咸涩的苦味

吹乱了

风霜的发絮和风雪的眼神

潮起潮涌的大海

在昏黑的夜空下苍老了

大海的风浪迷人

可涛声苦海迷津

仰望北斗

无法抑制的律动

能否对确定的光明依然保持渴望

远处跳跃着

星星点点的渔火,微弱的火苗

在静静地企望大海

被海风、海浪重新召唤

大海啊

你需要更辽阔的星火来表达

慢慢丈量的海湾

轻轻抚摸的细沙

涛声

已告别每一个恍惚的昨天

几缕银发,几条额痕

能否收藏更翻澜的又一波激荡

人生啊,是一个

渐渐走向死亡的必然过程

命运划痕

涛声,已止住了疼痛

灵魂,又何须总向外张望

生命的处世和留存

沙滩上,已留下

那一长串深深的脚印

伤逝的人性

正被海浪一波又一波地纠正……

2020 年 7 月 11 日

溧阳竹海的记忆

月光洒在

墨色深深的竹海中

夜色清廓

农舍、田野安详、静谧

但风起的竹海

为何如此曲腰、匆邃不安

沙、沙、沙,是在

摇曳着远方不安的荒野和草房

仲夜的时间在倒流

在歪歪斜斜的空旷里

哪一种月色的虚幻并引起疑问

记忆的划痕

来自深刻的光芒

遥远的荒凉、疼痛与呼喊

高耸与空洞,煎熬的迷失在守望

谁会为疼痛而来,为失眠而来

无法互认的彼此

让老去的昨天

惊慌地滋生今夜的失措与哀伤

星光灿烂,竹海无暇

绿色碰撞绿色

寂静抚慰寂静,隐约

揉碎的只是往事洒下的月光

走在乡间的田野上

星辰垂挂

拂晓熹光

晨雾打湿了竹海,也打湿了

清晨,但在宽绰的

晨风中

绿色的竹海掀起的

阵阵波涛

已翻卷了大地的空阔和沉寂

2020 年 5 月 31 日

黄河上游的秋色星空

深秋氤氲

暮空渐渐被抬升

静蓝的天空中星星蓄满水

轻轻吐露的河风

悄悄抚慰着默默泻荡的奔流

何处寻找千年的风与云

擦拭着月光

仰望你的明澈

河岸已落满一地的秋叶

夜空下的白云

过于玄远与静幻,是啊

没有苦难与沉默

何来成熟

悲痛和泪水

隔着星空和大河之间的距离

黄河之筏,奔腾呐喊

命运高于公正

岁月低于自由

夜空与河水

都积攒在浪涛的暗流与潮动中

静默体现你

狂飙更属于你

这就是宿命

夜已深

"风在吼、马在叫……"

遥远的涛声中汇集的咆哮

——终于未再来

抵达即告别

远处传来空幽的

汽笛声声

子夜依然保持着河水的纯粹

2020年1月3日

米克诺斯岛,激情与回旋

黛翠般的蓝色

洗涤五月的曦光

波霞锈色

泡过海的黎明开始悸动

当太阳越出蓝色

金色的盛大

来自于爱琴海的柔软与黛色

凌波闪烁

这出乎意外的美妙

波光涌起的浪花,

只能在起伏的浪声里找我

——Happy

白色洁白如羽

吹散盲目的时间

打开尘蒙的心绪

——Release

天体海滩

走进喧嚣的红尘

释放苍茫的远方

——Meditate

疏影、灯火阑珊

独坐

弯曲咸湿的海滩，仰眺

星空一袭碧天冷月

时光啊

生命短暂，温情而冷酷

命运镂空

神性的隐秘

——谁才是你天堂的敌意

我默默打开手掌

月光下

轻轻地擦拭一手贝壳上的细沙

缓缓地把它们

放入月色下爱琴海的蓝水中

2020 年 8 月 5 日

冬夜的长白山

天空和大地,山川和河流

一样空濛苍白

月色亦成雪

天池的忧郁被轻轻地抚摸

崇高在这里匆忙而不易

安静下来

时间是缓慢的

让风将浮云慢慢吹散

森林并不迷恋阳光

风声穿林

白雪皑皑,往事已无痕

冬夜盛大的浮影

犹如每一个随心所欲的孤独

是的,今晚
已是无法
安详地去认领每一片寂寞的月光

雪山的溪流清澈、湍急
森林与夜空在虚无中回荡

风声猎猎,时光已回溯
凝固与苍茫
是来自远方的信使
渐渐展现出
每一个与自然不和谐的铺陈

不要用深邃来证明什么
不需要
所有的旷世意外,都已被
大地,深深地触摸

2020 年 5 月 24 日

伊瓜苏的骊歌

水之伟大

奔腾和回响此起彼伏

纵横放逸

阳光下,大河四合

在轰鸣和宏壮中云烟远逝

落天大河

那是仰望的风卷云影

手掌薄瘠

一手水,抚摩着浩瀚与悲壮

是啊,哪一种

喷薄的灵魂才能与之对话

得与失,爱与恨

高尚与卑微,自由与禁锢

在呼啸中

谁才能真真顿悟那一掌大河瀑水

把笨拙的语言都交给你

无法拂试瀑境

穿越时光的缝隙,只能在

黄昏的初唐里

寻找诗仙

把酒望天

"……疑是银河落九天"

飞泻与倾注

犹如怀抱雄伟层叠的苍山

谁也无法拒绝你的澎湃

伊瓜苏的思想

掏出了永不告别

——奔流不息的自由之精神

水之伟大，瀑河滔滔泻荡

重复的幻境

水性在天涯

内心不眠的水声

谁也无法漠视而错身而过

2021 年 1 月 20 日

一个人在北海银滩散步

海风辽阔

正呼呼地

翻动自己内心的波澜

天上,每一片白云都挂在

蓝色的放纵里

银沙,被脚

重重地踩下

收尽苍天孤寂的预言

当能够凝望空阔的海天时

时间,似乎

是另一种不可估量的静止

另一种美

回溯时光,却又太匆忙了

退走、退走

一些可以闪亮、发光的故事

那些火焰、呐喊

如果可以平静

时间

是否会更深沉、更富有美的创造力

海风从容

正微微地

点拨自己内心的琴弦

天上,每一片白云都挂在

蓝色的收敛里

银沙,被脚

重重地踩下

收不尽苍天孤寂的预言

时间也是孤独的

那些砌入骨髓的遥远

斑驳的冬云

被眼前的海风送别

涟漪、波浪、风声、银沙

都在虚无中

能否退到时间的背后

海天佛国

素心淡泊

普度寺清净理想的丛林 [①]

盛放着蓝天和白云

能否也静静地

煨熬

——至善、圆满的时光

2020 年 7 月 9 日

[①] 普度寺，位于北海市冠头岭国家森林公园，距市中心约 6 公里。

坎昆，美丽的邂逅

这是我预约的阳光和大海

很想相携你

和你们

在阳光下，一起

倾听海的涛声和它的呼吸

这是一个把意识

还给天空

让灵魂躺在沙滩的时候

——是的，就是为了

逃离人世的追缉与内卷

让躺平前的

生活，只在虚拟的世界中翱翔

面朝大海

我已被埋在海风里

怅观大洋

真的不需要瞭望得多远多深

停止向远方注视

沉默与静止

只渴望大海的单纯意义

不,"生命就是救赎!"

——"人类一思考,上帝就发笑"

生命

其实是一次孤独的意外

命运无常

眼前的海鸥

自在的飞翔,似乎更接近于觉醒

未来,还有什么

需要让我们去过多地期待、抗争

时间的力量

东升西落已无法阻止

暮色，已渐渐

从海空涌来

蓝色的波浪映照着晚霞

眼前，那触手可及的美丽邂逅

将很快入睡……

2021 年 1 月 30 日

走马腾格里沙漠

空阔和荒茫

大雁返飞

搅动了大漠恒久的寂静

白云与阳光

沙丘与驼铃

心海空濛

伴守一阵越过一阵的苍凉

无所谓春夏秋冬

虚旷的灼阳高光彻照

死寂中

燃烧的都是疯狂之火

穿透生命

烈炎的光影,从未应承

给命运留下一个湿润的惊奇

雄旷与拙野

偾张与浩叹

在腾格里

每一粒细沙都在展开慷慨

我持缰越鞍，却

无法扬鞭策蹄在沙海驰骋飞扬

曾经的沧海

远去的桑田

自然的大地是死亡

历史的天空是宿命

盘旋的苍鹰

静卧的荒漠

真实的天空和大地离自由

还有多远

腾格里的月光

冰寒冷峻

渐渐撑起了沙碛的月野

幽暗而幻渺

虚与空

在此，比存在更真实地存在

2020 年 8 月 7 日

第三辑　风流谁识君

青春,保尔·柯察金

打开扉页

我第一次写下了自己的

青春与火

——理想、奋斗、爱

学习、真理和亲爱的祖国……

励志与行

——钢铁就是这样炼成的……

梦想,犹如天空般的湛蓝

无数的云

携来无数的幻想和希望,也带来

无数的风雨与痛苦

你曾扑面而来

而今,却早已杳然而去

无数的年代

一次次地颠覆了大地,也颠覆了我

走在特韦尔斯卡娅大街上①

我抬头望向天空

请允许轻轻地叹息

哀伤也如同天空般的阴霾

脚下的大地曾经是燃烧的

真理

仰望的天空曾经是澎湃的

理想

伏尔加河上的天鹅

天鹅湖里的冬妮娅

---

① 前苏联作家,《钢铁是怎样炼成的》的作者尼古拉·奥斯特洛夫斯基故居纪念馆,坐落在莫斯科特韦尔斯卡娅大街上。

我爱你

洁白的羽毛，也爱你

"像葡萄干一样香甜"的声音

哦，还包括你炽热的吻

三月的朔风

剪不开莫斯科天空的灰幕

我无法纠正你的雪

不让雪花

洒在自己的脸上、身上

融入心口

青春不染尘埃

保尔·柯察金，你衰老的

灵魂，能否倾听到远方的呼唤

能否依然

紧握少年那纯洁的真诚

晦暗的天空下曾藏着美丽

被风吹起的枯叶

有些悲伤

我只是一个匆匆过客

一身的倦态

仿佛孤独

蓦地,紧紧地抱住了遥远的梦想

2020 年 7 月 21 日

维纳斯,审美与歌咏

我在远处

稍稍按下激情的怦动

仰望你的静美

完整已在急迫的歌唱中

走出幻境

迅速抵达了千年的闪耀

阿历山德罗斯

在你脸上的那一镌一刻

敷展着

恬静与安宁,与窗外

渐渐落下的晚霞是何等的相仿

巴黎的春风

已微微掠过了一个黄昏

正轻轻地

吹拂你裙摆上濡染的暗香

淑洁的前额

让人想起雅典春夜的月亮

你身披月光款款走来

走近你

静默中

第一次站在你面前驻足凝神

柔美、妩媚、典雅

双眸明澈，没有自傲

袒露的胸口也没有啸鸣

双臂缺口上的遗憾

我深信不疑

那是

来自古希腊吟唱的美神之歌

灯光下

爱与美

雕像有了不朽的灵魂

生命，在眼神里娓娓律动……

缺憾

泄露了——人性的真谛与完美

2021年1月16日

拿破仑的滑铁卢小镇

世事难以预料

却又是可以想象的

事实上,已经

发生的许多令人瞩目的事件

并不超越于世人的认识

谁敢轻狂胜利

命运踯躅、诡谲

未来,从来都是再次重新出发

疑望山丘雄狮

眼眶里点燃的火焰,喷发的

是什么颜色

被血和泪淘洗过的苦难世界

生命卑微、轻贱

正义早就没有了明显的界限

那小小的山坡

过于低矮、平缓

你能让历史的命运深深地敬畏

时间追逐时间

历史奔腾

呼喊着要被层层触碰、引证

渴望和平,渴望爱

但世界

总是掀起一起又一起灾难

又反复地

让灾难一次次再获新生

——命运起起落落

——道义起起落落

穿越受惊恐的世界,将悲凉

放在身后，应在

悖论里忏悔

除了宽容和辽阔

还能怎样去定义未来的世界呢

我走出小镇时，没有再回头

    2021年3月4日

过许昌，"煮酒论英雄"①

"对酒当歌，人生几何。

譬如朝露，去日苦多……"

——曹操《短歌行》

英雄歌诗

——可又能放下多少天下事

理想、雄心、情怀和热爱

歌声如籁，旷景美妙

可红叶经秋，寒菊着霜

有多少

仇恨、愤懑、困顿和焦灼

---

① 《三国演义》中，曹操在许昌的家中，以酒宴试探刘备是否有称霸的野心，最终被刘备巧言瞒过去的故事。

在春天的歌声里

把高昂和澎湃

无情地绘就成冬天的尸骨和荒原

举杯豪饮

醉歌——

醉权杖、醉土地、醉民赋……

春秋似茅亭

遍地皆草木

梦迷人沉声问道?

太多的哀鸿遍野

难以名状,一路都是尘土飞扬

青梅煮酒论英雄

大山横陈,曲水激荡

曹丞相可曾放下了

刘皇叔可曾放下了

黄卷旧书,凄凄惶惶……

高铁呼啸

我回首,瞬间已过了许昌

铁轨咔嚓、咔嚓

奔腾的时间已飞跃了一千八百年

——宿命的酒香托付了什么?

历史,你有

足够的深沉、深远

英雄,却深陷黑暗

总是只在

荒野上打斗

——从没有仰望星辰大海和自由

2021 年 2 月 23 日

访鲁迅故居怀想

雨夜深深沉浮

北风哀哀啸吟

一个透明的灵魂,习惯

在风雨中

朝着更深、更暗的黑夜行走

在漫无边际的长夜

千疮百孔的秩序,赤裸

饮血的世界

紧紧地掐住了尘世苍生的命运

被窗户遮掩的灯火,已逼出

胸膛的火苗

愤怒的重量

紧紧凝锁突起的眉骨

愁且怅然

怒火与疼痛逼视

这黑暗，无法维系沉默与低泣

把匕首

投向茫茫的夜天与长空

笔风犀利，冷讽讥诮

先生风骨

血脉偾张，横眉冷对千夫指

独立绝世，俯首甘为孺子牛

时间的永夜

慢慢消融的黑暗

时间的印痕

渐渐收藏的远去记忆

先生已在另一个世界，凝望

你曾经走过的黑暗

我缓缓走到你的窗前

静静伫立，守望

已是满窗星光与灯火的晚空

哦，哦，如此浩大、阔绰的星火

早已抵达

"彷徨"与"呐喊"

——是否还印刻在剩余的夜空中

2020 年 10 月 6 日

春天,拜谒陈子昂读书台

涪江边的陈公学堂

一千多年了

流淌着源源不断的沉思

烛照

这世间的万千尘嚣

我千里寻觅

遁一片苍莽

肃穆中拜谒您老当年的读书台

聆听历史深处

那滔滔不绝的江水

感遇春秋变迁

那声声发聩的穿云回响

风从江边吹来

书台摩崖的春光和煦

青青草香泛溢

偶间的鸟唤啁啾

紫色的小野花茵茵地盛开

远处，江滩边的油菜

又一年花黄

这一再祈愿的天地啊

实际从未变

反复着

世间有序和无序的仓猝飞扬

唐风翻页，经书卷黄

时间的锈迹

斑斑驳驳反复刻蚀的伤痕

契合的你我和他

一遍又一遍

复述着空幻与执着的荒凉

无远弗届

有水鸟掠过水面

江波的闪烁里隐藏着神秘和苍茫

天空高远，空空荡荡

白云悠悠

指引人间未知的生命虚茫

"念天地之悠悠

独怆然而涕下"

千年前

走上幽州台的子昂

麟风、雄才

可你早已高蹈智光而竭尽净空

风卷衣袂

在冷冽中怀抱孤寂

款款走进空惘……

2020年9月29日

在嵩阳书院,"程门立雪"

让那双探索者的手

拥有道的深刻

借一支烛光

穿过蛮荒,点亮迷途的昏暗

你拥有一颗跳动的心

也拥有力量

迷思惑惑

那用什么——支撑你的灵魂呢

旷野冷冽

瘦影单薄,俯身尘世

寻觅力的崇拜,杀伐与血

在梦游凛凛的

朔风里

钝重的脚印走向深深的苦雪

程门立雪,许多

无法分辨,变幻莫测的荒原

敲响一扇门

时间在静默中流动

性灵的力量

来自你与霏霏瑞雪的距离

从羸弱到沛满

渴望道的穿透

化繁为简,不诉虚空

冬雪望远

一路默然

沉静,越行越宽阔,越辽远

当道授予你时,道性

那神秘的轻盈

已驾驭于

自身内在的灵魂和力量

2021年2月22日

《岳阳楼记》

望君山,瞰洞庭

细雨迷蒙,山水烟岚

线装书页里的山川、辞赋

独自凝望

谪守巴陵郡

子京已然老去飘逝白云矣[1]

童谣少年的天空,变冷的记忆

莫可名状的遗失

纤尘世界,仓促时光

寂寞在寂寞之中

---

[1] 滕宗谅,字子京(991—1047年),北宋政治家、文学家。

微风轻拂

只刚好平复自己的起伏和波澜

擦抹蒙尘

宛如隔世返回

春风自觉并不盛大

春雨自在也未辽阔

取下风雨

取下烟岚

取下薄暮和远去的辞赋

"先天下之忧而忧

后天下之乐而乐……"

岁月,不断踉跄、跌倒

时间逶迤

缝不起来的命运逻辑

扑朔迷离

在古章书外慢慢点亮沉沦

黄昏里回归

岳阳楼品茗,向希文[①]

深深作揖、仰望

颂辞人还依然在远方、远方

"衔远山,吞长江

浩浩汤汤,横无际涯……"

2020年6月29日

---

① 范仲淹,字希文(989—1052年),北宋政治家、文学家。政绩卓著,文学成就突出。《岳阳楼记》是其最著名的传世作品。

林肯纪念堂,石阶上的梦

时间是连续的

还是某个具体的瞬间

我不会

把持续或霎时的现象都视为本质

若就终极而言

事实上两者都属于永恒

什么样的理想和信念

是人类都可以接受的

今天若能接受

是否意味着永远会被世界接受

那些引人关注的事情

常常带来疑惑

甚至混乱

更直白地说

是把体悟、叙说化为持久的鼓噪

时间的刹时

使人有机会去感受伟大的重量

时间的延绵

使人有机会去渴望更高的秩序

走出林肯纪念堂

蓝天白云，春风骀荡

坐在大石阶上

忽然遥想起当年

马丁·路德·金站在这里高呼

"我有一个梦想……"

林肯总统与金牧师

你们坚定的信念和眼神

在历史的瞬时中

是否曾尝试互相连接

是吗，所有的

感知和确认

这一刻是否都已在时间的永恒中

我第一次发现，本质上

自己还不完全是

在认识和理解，时间的自然属性

……

然后，回过头去

忐忑地注视

马丁·路德·金曾经的站立之处

大理石上镌刻着

"I have a dream…"

2021年2月7日

菩提花盛开彩虹之国

时间掌控一切

命运其实远比梦想冷酷得多

苦难,让伟大充满忧伤

泪水沉重

谁来拂拭信仰的远方

菩提花盛开

骑着风,带着

春天的纯真和不安分的红

狂野

印度洋、大西洋的海岸

人类最早的春天

斯托克方舟山洞，亲爱的

普莱斯夫人 ①

在你的头骨里

隐藏着延绵已久的忧伤

站在海角之城

俯瞰

波光粼粼的大西洋湾

多想看得更远……

眼前的菩提花

恬淡、轻雅

我该用什么语言

才能深深地去表达、崇尚

你的宁静

---

① 1947年，人类学家在南非斯托克方舟山洞，发现一颗距今250万年、几乎完整的成年雌性古猿头骨，这被认为是探索人类起源的重要线索，后被称为"普莱斯夫人"。

"斗争就是生活"

"走向自由之路不会平坦"①

迷蒙中,只见

一位沧桑的老人,缠绕着

一头殇雪

用悲悯的眼神

远远地眺望,这从不知悲悯的世界

颤颤巍巍

你手捧菩提花,轻轻地

覆盖了

大西洋蓝色的辽阔……

2020 年 6 月 20 日

---

① 《斗争就是生活》《走向自由之路不会平坦》是曼德拉的名著。

风雪赤壁怀古

历史浮尘

需要用多少时间来沉净

赤壁逐鹿,战马嘶鸣

血洒疆场

壮怀激烈

托起的只是凄凉的亡灵

蹒跚的岁月

响应里还有迟疑和沉默

怀古凭吊

惆怅谁怀?声声

敲击着长天的茫然和虚无

"大江东去,浪淘尽

千古风流人物……

人生如梦，一樽还酹江月"

征伐残忍，死亡更残忍

赤壁的烽火里

征伐和死亡是否都符合

公一义一天一道？

无法笑谈周郎、诸葛

更无法把酒赋歌铜雀二乔

沉沙折戟

无尽的江水，无泪的心

大江，你的涛声

长夜里

已无法稀释亡魂的呼唤和血泪

天空已轻轻飘下大雪

凭栏听雪

山河静默

大雪纷飞，来来去去却都无声无息

千年天地啊

可又有谁在揪心于生灵苦难

灵魂悟道

——荆楚大地

　你可否大声回答！

2021年2月25日

凭吊孔庙

香火仁慈,双手合十

虔诚的鞠躬是那么的古老

烟絮袅袅的缥缈

肯定与遥远的深刻思考有关

晨钟暮鼓的余音

绝不会是随心所欲的生命闲聊

怀揣古书,微览天下

乱世沉浮

郎朗书声抚慰了

多少生灵的息息安详

撕破了多少蒙昧的霍霍战旗

云卷云舒

残叶纷飞

庙堂上的喧嚣惊潮,泯灭、张狂

凄风苦雨

你淋湿了谁家的经卷

又戏谑了哪家的春秋

凭吊追慕

圣殿宁静,碑林沉默

"智者不惑,仁者不忧,勇者不惧"

忘却那些腥风血雨吧,丢弃

那些高蹈的浮华

登高眺望

远处,是山岳、是河流

再远处,是祖国、是世界

还有,心灵更高、更持久的秩序

2020年5月27日

秋夜，寻访傅雷旧居①

云隙透出的月色

用冷漠的光

轻轻抚摸屋顶的红瓦

空空荡荡的

秋夜，躺在门前的草地上

露水开始浸淋

孤凉的寂静

悄悄地擦伤彼此火辣的心痛

往事的寒风

在沧桑的门楣上，摇曳着

卷曲枯黄的蔓藤

---

① 傅雷旧居，坐落在上海市江苏路 284 弄 5 号（安定坊），1949 年 12 月其夫妇搬入，1966 年 9 月 2 日在此，双双自杀身亡。

一地黄叶

像细雨淋湿的语言

叙述着前世的忧伤和孤独

深秋又降下了白霜,霜地踩下的

黑色脚印

你无法用白色诠释

霜的寒凉,无法

翻译成巴尔扎克的**人间喜剧**[①]

也无法把

裸露的疼痛,书写成**家书**的温暖

秋风寒凉,子夜寂静

小楼之外

确已无法寻觅一个可与命运

抗争的春天

尊严已经坍塌

---

① 在傅雷翻译生涯中,法国作家巴尔扎克的小说,是其重要的翻译作品。

生命是个循环，世界已

一闪而过

漆黑暗淡的命运

却闪烁着人性高贵的光芒

可是，是否只有

秋夜凄凉

我们

才能看到一个完整的秋天呢

2020 年 8 月 26 日

美在燃烧,巴黎圣母院 ①

——致维克多·雨果

美是意识的选择,还是

存在的自恋

是美学,还是哲学

小勺轻轻搅动着咖啡

也搅动着话题

猝然闯进

眼前充满梦幻、浪漫而又凄美的

巴黎圣母院

时间飞转流逝

---

① 巴黎圣母院历史上曾多次发生火灾被毁损。最近一次发生在 2019 年 4 月 15 日,标志性的尖顶被大火吞噬烧断,坍塌倒下。

烟絮仍停留在手指上

春色早已遮蔽亡灵

剩余的风情是剪不断的藏匿

正轻轻触摸着

另一个世界的荒凉

我坐在

维克多·雨果曾坐过的椅子上

似乎要把

杯中啜抿的咖啡

细细品味出一个哀婉、伤郁的故事

是在慨叹、哀伤

还是在审美呢

巴黎圣母院

又一次被燃烧

春天不是用来落泪、叹息的

可你到底,要在

晦暗中焚烧多少次

才能再次展现蓝天下美的喝彩

黄昏映射圣院

远方三个孤薄的灵魂①

隐约忽现

——美在哭泣

我已无法对行将西下的夕阳说

——你真美

拒绝留影

意识与存在的哲学折光——

美在燃烧，正契合

一种艺术的凄楚与审美的亲吻

2021年1月6日

---

① 雨果代表作《巴黎圣母院》中三位主人公，艾丝美拉达、卡西莫多和克罗德。

特蕾莎修女[1]

灵魂衡量,爱与恨

是抽象地去测定、解释

还是在

现实中寻找答案呢

抵达的瞬间

我已伸出洗净的手

轻轻地

抚摩了一把巴尔干的春风

阳光和煦而温暖

平静与安详正似远似近地

---

[1] 特蕾莎修女纪念馆,位于马其顿首都斯科普里的新城区。

渐渐抵达

经历、寻找人性的清晨

开始使孤惘的灵魂体验了一次

深远的朝觐

战火血染的愤恨大地啊

你是

独有的一朵圣洁之花

虽然我是

在旅行中偶然地走进你的身边

但你慈爱的心灵

早已被我一次又一次地抵达

'Give the world the best you have,

And it may never be enough;

Give the world the best you have anyway' ①

---

① 特蕾莎修女诗歌《无论如何》节选。

善良、善举

如春雨甘霖

你仁慈的眼神

已在兵革烽火的多瑙河里

静静流淌

这是我经历的故事,也是一次

心灵的测量

——当一个人

有了超验的信仰

她滚烫的灵魂,亲吻了

这个

已被撕碎了伤口的冰冷世界

恨,已开始了消融记忆

爱,已开始了温暖大地

2021年3月2日

新疆雨夜忆左宗棠

鹰击长空

沙海磅礴,选择了

廖廓作为归宿

收割了戈壁沙漠上所有的荒凉

与风沙一同起落、呼喊

十万将士

向苍天

证明自己对长江、黄河的忠诚

"读破万卷书,心忧天下"

夜色辽远

疾风晚来,一腔热血

能温暖沙野庞大的黑天长夜

横岭侧峰

在遗忘的世界里勇于眺望

在梦的黑夜里

跋涉远方的苏醒和光芒

在沉默的无声里

吹响敞开的大地和天空

夜已深

纵横的冷雨可以用来煮酒

我自斟自酌

思阅《左文襄公文集》

旧书黄卷

沉声问道，通透坦荡

如远方守望现世

俯瞰中原大地花开花落

雨打窗棂

风过沙海戈壁

斯人已远去，可历史的

风沙

在广袤的雨夜，已深深地惊扰了我……

2020年9月6日

在大雪中读无字碑[①]

——参访武则天乾陵

所有的空无都已发生

所有的空白都已叙说

十二月的渭河

十二月的秦岭

天空苍茫,雪花飞飏

盘旋在山道上

黄土地渐渐铺成了辽阔

俯瞰三秦

但已无法在风雪中辨识它的

[①] 无字碑,武则天陵前石碑,为其本人所立。位于陕西省咸阳市区西北五十公里的乾陵。

褪色波澜

"看朱成碧思纷纷

憔悴支离为忆君

不信比来长下泪

开箱验取石榴裙"

凤凰东南飞

朱雀云集跪拜在朝堂

逐鹿天地

贞观遗风，跋扈吕武

乾陵诡异啊，在远去冬天

已愈合的伤口里

土地与臣民、朕与权力、爱与恨

究竟哪里在下雪

寻找大唐发出的

哀叹和呻吟

弥漫的历史雪花

哪一片,你才能真正厘清读懂

盲目的雪

已卷走了缺席者的喧嚣

无字碑

空碑不空,迷障不迷

腥风血雨千年雪

盛唐深宫掀起的翻江波涛

已被深深嵌入

碑中,那广阔无痕的静穆里……

2020 年 6 月 24 日

《二泉映月》[①]

超越时间的灵魂

伤逝的悯怜

是人的性灵能感触到的

灿烂生命,只有

悲情屹然,才能体验美、表现美

清浅的月色

不断加重苍凉而孤寒的秋意

星光推不开水面

雾气打湿水边的芦苇

大地更加深沉灰暗

命运起身

[①] 阿炳纪念馆,位于无锡市人民中路128号崇安寺内。

是否有一个可安顿飘泊的栖身之所

何处归魂

用着霜的破棉袄去温暖

冰冷的灵魂

用僵硬的手指去颤动

心中的丝弦

《二泉映月》

是你悲凉的生活

你却又

追加了一段卑微的生命旋律

是你苦难的遭遇

你却又

追加了一段多舛的命运乐章

在你墨色的眼镜里

已没有了风景

春绿挡不住秋霜啊

枯叶都已落在凛寒里

能看到的只有你隐忍和孤寂的哀鸣

老鸹凄号

泥泞遗歌

秋风凋零残叶

太湖水惊不醒漫漫长夜

悲苦的美

冥冥地

飘荡在黑夜瑟瑟的秋寒中

2021 年 1 月 31 日

高迪,燃烧的光线

当春天的情节告别

落日温凉

真理的统一性跌落

时间的天空下

一切重新安排,重新开始

走过九月的巴塞罗那海岸

十月的金秋复活了

手握门西亚葡萄酒

一饮而尽

加泰罗尼亚的激情

需要阶梯

攀入灵魂高仰的圣家族大教堂

通向天国在此

你用心灵

建造的那一座圣塔

顺从了什么

为什么每一个塔顶都拥有灵魂

永远沉默的高迪

走下了阶梯①

注视安详属于深深地致敬

通向天国你已在此

"直线属于人类

曲线属于上帝"

每一个眼神里

都有叛逆和否定的远方

---

① 高迪,西班牙建筑大师,1852年6月出生,1926年6月逝世,被安葬在他设计的作品圣家堂的地下墓室。

走过的春天

都是自己的童话和魔幻的天空

让蓝天、白云俯身下来

当、当、当

铁匠敲响通红的铁杵

炉火闪闪①

哦，多自由的灵魂，自由！

你是光，燃烧的那一部分

2020年6月3日

---

① 高迪是一名铁匠的儿子。

微笑,蒙娜丽莎

《蒙娜丽莎》近在咫尺

我与你

神秘的微笑

隔着多少审美的距离

卢浮宫前

玻璃金字塔

承接着一个迷幻的冬天

清朗的雪花

呼啸人间,吹挞着

尘世的虚,也抽打着凡间的空

空洞地眺望

远处几只无聊而迷蒙的小鸟

在意兴阑珊的飞行中

能解析出

雪花飘落的姿态和神秘

冉冉的雪花

稠密、清寒

会打醒

菲薄、盲目、粗陋的梦中人

会卷涤

自己意识深处的矫涩和虚浮

在雪花的浸润中丰沛

能否防止简单和愚钝

艺术,是否

能通过审美

——突破神祇

  来认识、理解人的本质和价值

人头攒动

蒙娜丽莎双手交叉

安静地坐在外廊

廊外

森林、河流、蜿蜒的乡村小路

由远而近

——人和大自然

  已深深地融为一个整体

她开始微笑……

2020 年 6 月 11 日

春风吹过南汇小院

春天的风

已吹拂

一个自由而独立的灵魂

意识向存在致敬

思想过的地方

一片沼泽

世界依旧宽广空阔

下过雪的大地,开始淖泥

命运的归宿

从来跌宕起伏于时代的歌声

保持足够的清醒

在理想与信念中，应没有神秘

风雨苍茫

沉默中

总有厚重的钟声被不倦地敲响

黄河、长江奔腾东去

向着阳光

释放自己的信仰

江水的波浪

却无法礼浸春天的激荡

走过的灵魂，带着

凡间的渺茫，千里追寻与跋涉

时空锈浊

只为你冷色的星空添加了

迟到的星光

时间的天空中，有你

时差的天空中，也有你

大意如此

江南水乡

粉墙、黛瓦、田垄、菜地

和小院

我又回首

再看了一下

你已觉醒并闪光的那一部分

2020 年 9 月 1 日

美丽,飞越天门山 ①

白云轻捷飘逸

天色蔚蓝

青山似海

赫然与敬畏的豪迈苍穹

天梯,缓缓走向你的天门

澄明敞开

蓬勃盎然

在陡崖之上的广阔碧蓝里

以展翼翱翔天空

以俯身凌越大地

让纯洁的心灵

---

① 2020年5月12日,24岁美丽的女大学生刘安,在张家界天门山的翼装飞行中,不幸身亡。

纵情地

对生命作一次仰望和燃烧

在浑浊的安闲里

拾捡世俗岁月丢弃的陈迹

世事幻影，人世飘浮

百年风雨

命运的符码

真的不需要做过多的解释

没有使命的青春，是

无聊和荒诞

美——是向平庸抗争

没有地方忏悔

这就是忏悔——

任苍山沉默

任江河静流

当天空大片的白云扑面而来时

大地的鲜花

已灿烂地盛开在你的心魂

无言的抗争

灵魂闪耀着美丽

在天空中

你多像一束急速的闪电啊

2021年1月22日

哥伦布纪念碑的遐思①

世界的蓝光

天堂在人间

命运的力量

已沉浸在湛蓝的大海里

精神的原乡

强劲的心跳

一只海鸥的翅膀

展开了

大海的辽阔,更辽阔的是信念

秋天的大西洋

---

① 哥伦布纪念碑,位于西班牙巴塞罗那市中心,为纪念哥伦布1492年第一次到美洲探险,发现新大陆胜利归来而建。

正适合你直抒胸臆

海浪

伴你自由的搏击星空和大海

自然的奥秘

动容凝望

世界已确认

——更钟情于纯真的蓝

远航的白帆在风中奔腾

无数的海浪

在肆意地起伏、翻滚

仿佛在洗濯平泛的灵魂

惊涛拍岸

果然是一种自然的天性

在海边

浪花的涌起、飘散

我适值看见

一些平庸、愚昧的

泡沫、死水

蛰伏在冬天的潮汐里随浪起伏

再一次回望大海

已无言寄东风,无语聊命运

——野性高于宿命(不是哲学)

2021 年 1 月 9 日

在莎士比亚故居诗想

以闪电的

方式链接星空,以浪花的

姿态溅出海洋

从清澈走向苍茫

抚摸与抛弃

比泪水重,比死亡美

爱来自恨,那些脆弱的玫瑰芬芳

看不见的那些阴暗

用剑表达

悄悄地在寂静中收藏火焰

收割灵魂

以难以复制的残暴抵达

风中的叹息，雨中的泪水

雪花中有冷酷

闪电中有妒忌

冰雹中充盈着狡诈和背叛

坟墓

积蓄在褪色的安宁中

抒情展示的真爱

有斯拉特福献出的阳光①

描写表达的善良

有埃文河展现的星空②

生命的大地

过去、现在、未来……

灵魂的天空

地狱、人间、天堂……

---

① 莎士比亚诞生和逝世在距伦敦以西180公里的斯特拉福小镇。
② 莎士比亚的故乡斯特拉福镇，坐落在埃文河畔。

"悲剧

就是把美好撕碎给人看"

绝不退却,坚定地凝视

在人性的原野上

原罪

——无可彻底静止!

2020年7月2日

幽怨的爱丁顿公寓[①]

犹如浮云漫过哀伤

能分辨

那云肯定不是白色的

相似于那片天空的灰色忧郁

像默默地确认

悬着的情缘苦涩,难以

重新欢笑

窗前,马路上的梧桐树

摇曳婆娑

轻风穿入窗栏

拂起的窗幔习习飘逸

[①] 张爱玲,1939年至1948年在上海市常德路195号爱丁顿公寓居住、写作。

吹皱的，是一世的情爱幽怨

粉黛胭脂

笔墨纸痕

爱恋在欢欣与痛苦之间

孤独在阳光与月色之间

萧蔷之心

驱不退八月的火，秋光

泛滥无限

在《红玫瑰与白玫瑰》里

秀一身旗袍

柔情的甜蜜在嘴唇间猜谜

月光何以让你安睡

《倾城之恋》

秋叶飘落

摊开的那些无辜的枯色

霓虹灯影里

梦境之爱,只剩下……

只剩下,迟来的唏嘘与苍凉

在悲凄的红尘里,过滤了

运辰的奥义

在传奇的书章中,营造了

人性的悲悯

爱丁顿的空间,烟花已落尽

"一个苍凉的手势

一声重重的叹息……"①

2020 年 8 月 4 日

---

① 作家叶兆言对张爱玲一生的评语。

瞻访，兼致屠格涅夫 ①

"幸福没有明天，也没有

昨天，它不怀念过去

也不向往未来，它只有现在……"

幻想是唯美的

生活是残酷的

冷雾人生

书写能够掩饰灵魂深处的悲伤

走在奥斯托卡大街上

我反复想

屠格涅夫，应该也是

---

① 屠格涅夫故居纪念馆，坐落在莫斯科奥斯托卡大街上。

一位深缠矛盾的悲观主义者

寒风，沿着大街

吹向前方的伏尔加河

河水流不出泪水

那怅惘的眼神如苍茫的

流水

水为水作证，**现在**

自由批判，抵抗岁月

是否来自遥远的莱茵河、塞纳河[①]

如果天空打开和煦的阳光

身边的寒风、雪花

此刻，不会

把我的瞻访

凛冽成哆嗦、僵硬的思考与神态

[①] 1883 年屠格涅夫曾在柏林大学学习哲学，1852 年屠格涅夫被当局逮捕并遭流放，后曾定居法国巴黎。

不朽的天赋

总伴随不朽的信仰

爱是一种孤独

伊凡，你的**现在**一腔热血

却给自己

一生孑然和独立

飘落了俄罗斯冬天的无尽殇雪

莫斯科宽阔的大街和大雪

舞动寂静

爱的梦幻

从来也无法掩饰

你内心

深藏的闪烁激情和灵异悸动

爱也是一种悲情

死亡的深情带着远方的炮声

叶琳娜 ①

疯狂的战场火光

隐约闪出你

一身黑衣和孤薄的身影……

2020 年 8 月 25 日

---

① 叶琳娜，是屠格涅夫的长篇小说《前夜》的女主人公。

《家》《春》《秋》

都市的秋风清寒

吹拂着

晨雾中的过去与未来

马路两旁高高的梧桐树

隐藏着自身的命运

落叶下

被潮湿的晨风轻轻地抚慰

冷冷清清的淮海坊，无法向①

天空释放孤独

谁也不了解你的疼痛

停留在你屋顶上的灰鸽

---

① 上海市淮海坊 59 号，是巴金先生在上海的旧居之一。

也一定不了解

迷蒙的早晨

缺少的是**家**的解释

从**春**到**秋**

从无到有,从有又到无

自然和社会的可靠性让人忧虑

季节的持续

以繁驭简

秋天向春天一次次地负气

巴枯宁和克鲁鲍特金[①]

是如何

将小屋的孤独,化作

一缕缕春风

一场场秋雨

即便多年以后,摩挲时间

---

① 巴枯宁、克鲁鲍特金,系十九世纪俄罗斯无政府主义者,巴金先生青年时期,曾受到他们的思想影响。

在**随想**中深深忏悔

还能听到

一些难以平息的战栗心跳

在初秋的寂静中

梧桐叶不亢不卑

的确还无需预约未来的枯黄

只是让晨风通过晨雾

来销蚀孤单

在遗忘的岁月里

秋天在苍老

远方的觉新是否会觉醒 [①]

你已无法

向这红色的瓦墙袒露得更多

2020 年 7 月 30 日

---

① 觉新，巴金先生的代表作《家》中的主人公之一。

梅第奇,另一种永恒

凝重飘逸的瞬间

一片落叶

用弧线,缓缓

交出了她一生不朽的美丽

飞越冬天,春雨

洒在紫百合的花叶上

翡冷翠的骄傲

淅淅清澈,沥沥无声

佛罗伦萨的早霞

你用

雕塑、绘画、建筑、音乐、诗歌……

洒向欧罗巴

温暖了人性的清晨

穿过黑暗,晨曦

带着前世的沉默和风霜

让灵魂

刻上了自由的阳光

世界的那一刻

达·芬奇、拉斐尔、米开朗基罗、提香……

又在孤独中

打开黑暗

心灵像星光一样熠熠闪耀

荣耀、财富和生命渐渐弱下、熄灭

世代的辉煌

悲哀于不辽阔的遗世

只让打开的心灵,自由地通行

徘徊在乌菲兹美术宫

一个听不完的故事

兀然,我想到

自己正在寻找的

不正是复兴古典的伟大心跳

美第奇

点—亮—灵—魂

——这才是你永恒的飞翔

2020 年 6 月 17 日

曹操故里行咏

远飞的大雁

又往返了一场春秋

听雁声啾鸣

观浐云沉浮

一场秋雨的到访

能否彻底打开曹孟德的浊与净

虚怀若谷

重新释放大好山河

没有星辰的天空

也是天空

谁也无力独自支撑苍穹

胸中的澎湃

真命的召唤

打开的都是流过血的灵魂

一页页书卷

唏嘘

早已穿越深邃时光,而枯槁衰破

时间串起的故事

前世与过往

都是青涩而潦草的芳华

——记忆却无法辨识

望向

眼前涡河的波痕与汐声

和着流水

顺着细雨,有谁的

荣耀,才能真正收获史诗的颂辞

谯城与洛阳①

相距着一阵雨的空间

命运的激荡

翻腾着

都是血与生命的千年波澜

"譬如朝露,去日苦多……

何以解忧,唯有杜康"

2021年1月12日

---

① 曹操出生于谯城(今安徽亳州),魏晋定都于洛阳。

爱、崇拜与追寻

——访宋庆龄故居

凉风穿过飘习的窗帘

徘徊镜台

花园冷冷凄凄

摇曳的树冠,想在

漆黑的天空里牵引黎明的湛蓝

孤独的身影

啜抿一口口晨雾

枯坐在虚空

静,也是一种声律

能听出玫瑰和春燕的叹息……

一半是记忆

另一半是风霜岁月的疼痛

先生的崇拜巨大

像骏马飞跃辽阔的草原

远方的清纯

牵手宛若牵手大地的阳光

没想过告别

摘一片浮云

寻找和凝望

需要花一生的时间

泛起的年轮

风一一吹过了春天的答案

雪花的清晨

能听到它们一一飘落的声音

犹如秋霜的落木

可习习飘下的

是哪一秋,哪一片片暗锁的命运

晨曦微启

困乏的心，渐渐沉睡

浑浑噩噩的梦

梦里，泛起的那些

繁乱而不连贯的呼唤

那些

驳杂迷浑的疑问和

高蹈无序的

喧嚣，却都一一清醒着……

难以遮掩那爱的伤痕

是日渐虔诚的崇拜与追寻

孤独，却还是那么美丽

2020年6月30日

端午歌

我行我歌

漫步在梅雨中的汨罗江岸

浸空的灵魂

在这里寻找《楚辞》

你是我的远望

习焉不察的江风昏暗

你是我的遗憾

聊以淡然的江水陌生

历史的天空

灵魂共舞，大地

琐碎庸碌，花草低微沁凉

春水也是一江厮杀

不朽,是一种死亡

"路漫漫其修远兮

吾将上下而求索"

一叠昨天

守望未来

在敷衍中,独我

而非我,拔擢自我

舔舐伤口

沉睡的江底,永恒的《离骚》

视已无形,听已无声

时间

对于《九歌》敞开天空

伤时忧世

江水,永远为你的普遍性作证

浩叹与凭吊

伏脉千年

《天问》寥廓日月星辰

"薄暮雷电"

沉落于滔滔不尽的汨罗江潮……

一片片芦苇叶

一串串糯米粽

2020年6月16日

茜茜公主,美丽与泪水[1]

我独自徜徉在美泉宫

时间,洒落在

绿色如毯的大草地上

阳光下

清风缓缓摇动起草尖的微澜

肖像、时钟、壁炉、烛台

瓷器波纹里的

繁细花饰

复壁上绘饰的天使和星空

宫殿里

[1] 奥地利皇后茜茜公主,以美丽、阳光、高贵闻世。可她又命运多舛,经历了宫廷矛盾、独子自杀、健康困扰,最后被暗杀身亡,结束了传奇的一生。

轻轻响起的《蓝色的多瑙河》……

花坛盛大

百花浓郁、争艳

可掩饰不了

那些早已凋谢的时光

穿越尘烟,浮世清欢

总有一些风雨

是你无法看见的

粉饰伤痕

泪水储满的伤口细水流长,浇灌着

眼前秋天的斑斓

夕阳晚霞沉着

带着冷漠与孤独,洒在美泉宫

空空荡荡的阳台上

留下的,只有

茜茜公主

美丽而又落寞、忧伤的身影

过去已经恒定,历史

从来都泰然自若

摇摆的风雨,总是

无可奈何地屈从于坚定不移的阳光

——是的

为博取光荣的宠爱

真实的命运又有谁会在意呢

即便在维也纳

也难免俗于此

2020 年 8 月 30 日

阿Q及臭豆腐的味道……

没有任何人想成为阿Q

其实生活中

每个人

在不经意间,曾多多少少是阿Q

梦想往往铸就你的宿命

世事都遇见了

季节也变化了

恍恍惚惚

生活就慢慢暗了下来

但意淫

却是丰满的,时间无法治愈

渴望是一种美好的债务

欲望是根源

一旦燃烧

控制变得困难

粗糙而笨拙的双手

无法绘出绚丽精致的美梦

墨迹斑斑

都是自欺自喜的轻妄和臆想

是啊，世间的破碎

其实都是人事的破碎

和煦的阳光，轻轻

推开三味书屋、百草园和先生的

旧年故居

已积存的记忆

深深藏在陈迹的窗棂和门楣里

咸亨酒店

臭豆腐的味道扑面而来

——外脆、内嫩

——外臭，内香?

呵呵，人性

解不开的自由

生命，却又是那么的短暂

2021年2月20日

青海高原昌耀魂[①]

——车过湟源丹噶尔古城

苍茫冷冽

是谁把酷寒留给了高原

灰天像一口干涸的井

岁月撂在荒原

是接近了寥廓

还是更接近昏茫的虚空

远方的故事

在梦幻的天空中燃烧、飞翔

翅膀是坚强的

[①] 王昌耀（1936—2000），湖南桃源人，著名诗人。1950年参军，同年入朝参战。1958年被划成右派，后颠沛流离于青海垦区，1979年平反。后任青海作协副主席等职。代表作有《慈航》《哈拉木图》等。昌耀纪念馆坐落在湟源丹噶尔古城。

平衡是脆弱的

阳光重叠

沸腾、激越、绷直

踏空的却是整个信仰的世界

谁在空谷里读懂无情的

荒漠，孤寂的

无言缠绕着你，唱出的

却是旷野大地的永恒与深沉

丰富的是

那一笔笔吐出的悲凉和壮美

"摘掉荆冠

他从荒原踏来

重新领有自己的命运

眺望空旷里……

在那不朽的荒原……"

雪山、裸原、僧人和黄河水

时间涤洗黑夜与苍生

遗失的心跳

却张扬

精神困境中的生命意识

沧桑的

情怀,可以存放黄昏的命运

你的寂寞越多

就越孤独

但你的手,早已

深深地触摸到了高原的脊梁

2020 年 7 月 28 日

遥望秦陵赋辞

夕阳留下的空旷

幻濛幻现

像冬天浩漫的雪

皑皑无边无际

给旷野留下深深的谜底

一些风

在时光激烈的冲刷中，吞噬着

黑与白

苦难与辉煌

像生命的撞击与回流

袒露的血痕

能否真正还原命运的归宿和意义

寻找一些合适的话词和那些

沉淀的声音

——如此无助

无法默契的模糊和那些镂空

腾飞的语言

压迫的印记

颤颤巍巍的手

如何接过

历史的碎片和深刻的伤口

骊山的风很大

大秦赋歌

日起日落

时光，从容不迫

这巨大的皇陵

当我再一次遥望你的时候

夕阳已西下

被夜色席卷的

三秦

已经完整地把黑暗和星光

留给了你!

2021年1月14日

贝多芬故居,聆听与敬仰

我在波恩

身在异乡的手终于举起

轻轻叩响

音乐家故居绿色的"命运"大门

忘掉自己,忘掉时空吧

去聆听

震耳欲聋的咆哮声

去欣赏

最优美动人的交响律动

英雄、命运、田园、欢乐颂

不拥有、不满足的平静

呼吸人性与自由

——灵魂，比死亡更沉重

神圣罗马帝国的铁血

撕开的胸膛

欧洲在呜咽

——死亡，比灵魂更沉重

谁在拯救欧洲

谁在征服世界

将踉踉跄跄的时代

融入音乐

用超乎一切的英雄气概，紧紧地

扼住命运的咽喉，

展示欧罗巴的呼喊和抗争

英雄、命运、田园、欢乐颂

希望与永恒

灵魂洗礼，在此

迸发心灵的震颤，生命的激荡

生与死，面具[①]

激情、咆哮与安详、宁静

统一性

是开始和终结的深刻融合

我在波恩

身在异乡的手终于举起

轻轻地关上

音乐家粉红色故居的"田园"大门

干枯的心灵，缓缓津润

三月的阳光自由

正激扬起

胸膛里贫乏的旋律和迟滞的节奏……

2020 年 6 月 26 日

---

① 贝多芬故居，现展示有两具贝多芬生前和逝世后的面具。

致敬，泰戈尔

你的注视

在阳光下轻轻地抚摩我

"如果你在黑暗中

看不清脚下的路，就把

肋骨拆下来

当作火把点燃，照着自己前进！"

这街角

请原谅我不能为你歌唱

粗涩的嗓音

无法表达你的淳朴和深邃

浅薄的心神

无法跟上你自由、奔放的灵魂

在茂名南路上①

面对你

我把诗歌植入心脏

干枯的须眉上已神情欣悦

灵魂开始

习惯于未来的思考和希望

梦中耽误的岁月巨大

已经走得很远

更多的虚幻尽在不语中

塑像前

我能够再次认识

并理解一下自己的生命和信念

在孤寂中写诗

消隐于沉静

心灵已显示足够的完整

---

① 泰戈尔塑像,坐落在上海市茂明南路与南昌路的街角。

哦，我一直

能听到你远方清晰的心跳

2021年2月26日

太平湖边忆老舍 ①

老舍就在这里

悲悯孤凄地走进湖水的

因为内心已冰冷

他在黑夜里

失明,已无法确认

自己在天地间的自尊和信仰

朗月洒下的波光

涟漪轻幽

荷花放纵,晚间的蛙声摇晃一片

水中的瀑布

淋透了一湖的牵挂

---

① 老舍,中国近现代著名作家,1966 年 8 月在北京太平湖投湖自杀身亡。1978 年初得到平反,恢复"人民艺术家"的称号。

嗨，空月怀故人啊……

月光的水面

曾被喧嚣的湖水翻涌，

低洄的暗流

在黑色的漩涡里层层回旋

真理的边界模糊

崇高的理想

无法淌过失序的浊漾

京味和幽默

承担着你的灵魂书写

——可人生戏剧

    却在戏剧人生的经验之外

湖水开始傲慢

护城河

也无意逢迎祁天佑的生命倔强①

蛙声呼应荷花

太平湖连接护城河

王利发的夜空,湖水里灌满的②

都是裕泰茶馆的声声挽歌

入秋以后的湖水越来越颓唐

时间的流水,稍纵即逝

人比湖水、比黑夜更孤单

不太平的命运

就像眼前默默流逝

却已记忆着的——太平湖水……

2020 年 8 月 24 日

---

① 祁天佑,是老舍长篇小说《四世同堂》中的人物之一。
② 王利发,是老舍话剧《茶馆》中的主要人物之一。

风雨陆平村[①]

春寒料峭

雨还在淅淅沥沥地下着

涤洗着

沉霭已久的灰色天空

寒风中,陆平村一片静默

寒雨凉风吹打过你的荒凉

仿佛灵魂的疼痛

悲哀和忧闷在小村的旧街上溇漫

恰如爱怨彷徨的目光

迷茫在

远方高山仰止的落日之辉中

[①] 陆平村,潘汉年家乡的故居地,位于江苏省宜兴市。现为革命传统教育基地。

春风无力百花残

黛瓦雨洒

庭院风穿

小院雕像旁的柏树沉默无语

新雨打在旧雨上

许多陈迹

需要不断清洗、冲刷

许多往事,需要重新编辑、整理

跋涉者的灵魂

岁月的命运是否是恰当的命运

回应无法准备好

渴念一个轻风拂面的季节

凭吊解惑

怅惘谁怀

春雨刚停,清月

已静静忽现在高高的树冠上

斑驳的小村

沧桑的人世

时间在春夜里行走

几声鸟鸣

颤抖地寒啾,正是迷失的寒啾

颤抖地点缀着——

2020 年 10 月 2 日

舒伯特纪念馆的轻曲

维也纳森林,有乡间的

野玫瑰

溪流里欢快的鳟鱼

磨坊间美丽的少女

岩石上的牧羊人

大地、天空

浪漫斑斓的奏鸣曲响起

忧伤的小夜曲

手指上爱的音符

轻缓地漫溢在星空泛滥的夜色

烛光带着

歌声眷恋的孤寂

在袅袅飘逸的情感超越里叹息

哦

天空，你太宽阔

人间，你太狭窄

摩肩接踵的世界啊

幻化莫测的灯火

已无法

准确地捕捉自己的影子，认领

自己的世界

孤独、无奈、叹息

现实与理想

过于早熟的痛苦

冬之旅的心啊，苦闷的灵魂在滴血

在冬天的苍茫里

过于盲目的黑夜持久而漫长

耽误了春天的鸟鸣

遗失了秋天的果香

当你,过早地

闭上了眼睛的时候

面对狭隘

你早已把

——爱和美

忠实地留给了不完整的大地

2020 年 7 月 4 日

第四辑　城春雪如花

金陵古都,步走与回响

呐喊、死亡

尽管悲惨、悲壮

时间的故事

却又反复撰写着绝望和哀伤

古老的沉寂

穿过旧书与黄卷

随风而逝

庙堂的那瞬间,似乎都是圆满的

晨钟、暮鼓如梦

驰骋中的辽阔平仄起伏

月黑风高

腥风血雨

穿行在古都的殿堂里

六朝的落英之谜是否悄然裸露

桨声灯影秦淮河

水波荡漾星火光

岁月静好

金陵的梧桐树沉着、老到

从容地

撩拨着季节的和风

呼吸着蓝天，分享着寂静

"花开花落不长久

落红满地归寂中"

陈后主，你在述说 [①]

道不出的奢靡抑或悲凉

还是在警示

---

① 陈后主，陈叔宝（553—604 年），字元秀，今浙江长兴县人。南朝末代皇帝（582—589 年在位）。

岁月疾行循环、复沓的脚步声声

紫金山

俯仰社稷，叩问苍生

神圣博爱，天下为公

历史的冬天

总要背负一场场悲痛的诀别

很想为逝去的先生

再次恸哭

站在中山陵的天空下

面对晚霞

我把六朝的卑微

抛遗在祭堂宏阔的台阶上

2020年9月28日

扬州的大运河星空

天空飘散的古老敌意

"扬州十日"[①] 敏感和平淡

犹如运河起伏的流水与声波

星光抚慰过的

呻吟和亡灵

都是远去先人的心跳

河水荡不尽远方的泪水

深沉河底的冤魂

是雷鸣闪电后奔涌翻腾的大河

[①] 1645年,清朝统治者入主中原后向南方推进,在扬州遭南明兵部尚书史可法顽强抵抗。破城后屠杀80万人,惨绝人寰,史称"扬州十日"。

烟雨运河,桨声灯影

淮阳大班锣声起

瘦西湖酒阑人不散

这温润的世间,已没有了

杀戮和仇恨

但事实是

谁也不会忘记屠杀与死亡

不会忘记泪水、呼唤和抗争

但,更不会忘记的是

大河你

不息的奔流和远方的辽阔

这既是

悲恸、愤怒、反抗的意义

这更是

生命高扬,世间和谐的深深向往

是啊,时间已经摧毁了

过往的一切

蛮荒已链接未来

那是一个更高,更广阔的伟大

运河滔滔不息

轻舟在秋风里轻轻摇荡

夜色的星空里

愿大河

愿广袤大地,只有宁静与安详

2021年2月19日

鄂尔多斯的月色

奔腾的时间

淹没了历史所有的王朝

草原的天空

是用来

记忆的,也是用来遗忘的

……

史乘的华章

只是天空尽兴流出的眼泪

跌跌撞撞的命运

歌曲黄卷

风翻书页,都早已寂然无声

月钩升起来了

孤凉的空阔

喷发的冥语正渐渐地滴出来

像一个个银色的亡魂

在寂静的宽广中

急促地敲击着

伊金霍洛黑色的天空①

"我所见过的生命

都是行过,无所谓完成"

晨曦微启

天空倦怠而凛冽

草原,为何而荣又为何而枯

渐渐遗失的月空

世界

在远方,幸福而潦草地酣睡……

2021 年 1 月 5 日

---

① 伊金霍洛,是内蒙古鄂尔多斯市下辖旗,"伊金霍洛"在蒙语中就是"主人陵寝"之意,传说中成吉思汗陵墓即在此。

秋天,圣彼得堡的行吟曲

偶然遇见的世界

需要用什么姿态去注目、审视

夕阳里遗留的微茫,落在

命运的原野里

那些远方的云

似乎都是娓娓道来的舒卷时刻

徜徉在历史的涅瓦大街上

我试图

把一切纯净的语言留给你

也留给美丽的涅瓦河

炮声

在炮声里隆隆地解释世界

回声里

你已经给出了一个震颤的判断

但此时

你拥有的沉默是什么呢

让灵魂抵达

迟到的疑惑

谁的眼睛里迸发着

愤怒

抗拒着激荡、失衡的历史天空

在触摸中凝视

我已踱步在宁静、优雅的冬宫

历史的重量

早已淹没了辽阔的展开

——乌拉

偶然遇见的世界

需要用什么姿态去注目、审视

我为寻找而来

抵达与空濛

暮色四合

萧瑟的凄寒已无法被风吹散

理想与秩序

迟到的思索默默无言

历史的血啊

留下的都是永远敞开的伤口

2020年6月9日

华沙一章

疏星寥落，寡淡乏味

秋天，你的独立是孤独的

夜色落下

秋叶似乎都有一些轻微的疼痛

时间盲目

季节也是盲目的，为了

抓住秋天

凛冽的秋风落叶飞溅

秋是秋

爱是盲目的

恨也是盲目的

爱的眼神和恨的目光

投视得一样，还是不一样

爱是恨

黑夜的大地上，被点燃的

灵魂

是否都是干净的

远去的幽灵虚无缥缈

该如何切割

大地、星空都无法回答……

在这虚亏、脆弱的土地上

前进，颤巍巍地前进

潦草的步伐

英雄洒泪恨不尽啊

"世界让我遍体鳞伤

但是伤口长出的却是翅膀"

夜色渐渐泛出黛蓝

时光之星,在灯魅里轻轻

飘来,肖邦

《英雄波兰舞曲》……

荡漾,在这短暂的华沙停留中

2020 年 7 月 13 日

萨拉热窝的风云

你从黄昏走来

蓝天上

鸽子的翅膀上飞行着什么理想

仇恨和杀戮

哭泣与哑默

循环的枪口上

都层层浸染了射击者的烟硝

关于萨拉热窝的故事

能记住什么呢

心中的歌

还是眼睛里深深的疑惑

多熟识的城市啊，被夕阳

无情地审视

晚霞漫不经心地

浮展天空

风满不在意地托住了悠悠的彩云

哪里还有喧嚣和疯狂

深空疏星

温馨的红瓦屋顶，灯光下

落花缤纷

清浅的月亮，清残的月光

抱不紧的凉风正无语叙说……

拉丁桥上的子弹[①]

还会再飞吗

到底还会有什么力量

---

① 1914年6月28日，塞尔维亚青年普林西普在桥边，刺杀了奥匈帝国大公斐迪南夫妇，第一次世界大战就此爆发。

重回黑暗

不能让

生命，自由平静到底呢

被历史凝视的地方

已没有人

回应如此格格不入的发问

面对萨拉热窝的星空

与你不同

可我又无法

对此，作出深信不疑的回答……

2021年1月26日

广岛月色下的笔记

朗月悬天

可你的明净却难以走近

我的内心

时间，在沉默中延伸

世界，又在

时间的喧扰中持续地平复枯荣

兴在此，衰也在此

平静和缓的海风

推着浪波

起伏的汐声给你带来温顺和安宁

黛色的星空下

咸涩的海滩

影影绰绰情侣们热吻的身影

广岛之恋

——爱之梦,你是否可以

走回青春

牵起恋人的纤纤素手

被风洗过的海水

其实,每一个波澜

都无法解释

不确定的平静和它的癫狂与翻澜

远方的哭泣

"小男孩"点亮的闪光

是生命的炼狱

混沌地死亡,却又清晰地重生

把血,摁进伤口

借一帆东太平洋的风

回溯海湾

梦想一片没有风暴的大海?

徘徊在海滩的月色下

面对眼前的大海

广岛远去的

阵痛，都已沉入了深深的海底

时间是否

已真实兑现了对历史的简答

我悄悄收起了笔

不再追问这大海的狂涛与寂然

把更多的问题，留给

更多的时间……

2020 年 9 月 2 日

纽约，在黄昏漫步秋雨

穿行在咸涩的海风和一阵哗哗的

秋雨之间，给每一条

大街和摩天大楼

重新定义

理想和现实是抵达的悖谬

深秋的烟雨

隐匿了大西洋西岸纵逸多姿的黄昏

走在第五大道上

细雨夹着闪烁的灯火淅淅沥沥地

下着，无意的湿叶

飘落在行走者的肩上

象征着一种凋零

正轻轻地磕碰着

心中另一种隐约而恍惚的凋零

秋雨打湿了脸颊

淋透了鞋脚

留步,是一种放弃

行走,是一种记忆

在每一脚步声后

用目光一一抚摸都市完整的风雨

纽约港

烟岚缥缈,百舸穿梭

风雨中

自由女神

霍然独立,渺然迷离

湿漉漉的海风夹着寒雨吹来

泠然已无逸兴遄飞

与傍晚相峙的灯火

在海风中渐渐地苏醒了过来

失神的黄昏

迷幻的音律正被你轻轻地敲响

——这是

一个被谁反复渴望的坐标

我只是你远方的客人

遁世者的闲逸之心

只管打卡

不问抒情

真是没辜负纽约的

这一场秋雨

若没有困惑,那旅行是多么荒凉啊

2020 年 9 月 27 日

外滩，听水诗行

漫步在外滩

阳光下

悄悄地咀嚼时光之马

我选择自由放逐

大步流星地沿步道穿越江畔

百年世纪

有了涛声，有了故事

不眠的流水

水波和水波

彼此淹没又彼此繁衍

滔滔江水

都是梦中的往事

命运起伏

在取悦的

天空下，回荡着呐喊与奔腾

海关大楼的钟声响起

缓缓低沉

深深辽远

哦，那是一种

理想与欲望，抵抗着

岁月的深沉，为探索者声声呼喊

百年的风雨和阳光

白云轻盈

——因为风雨已经停止飘摇

蓝天清澈

——因为阳光已经追逐自由

承接奔流的渴望

用我的歌声

擎举一片阳光，再次为

东方明珠

——点亮浦东的春天喝彩

大江渺远

当两岸深情凝视时

江水静静流淌

已远远

大于经历的涛声和远去的激流

2020年8月11日

松花江边的雪花

那年的雪

欲意模糊,飘然而下的

姿态,还是僵硬的

清晨已盈满窗棂,独自一人

走进江边的

雪地里,弯曲的天空如此的苍白

大地皑皑

丰裕着雪羽的力量

清冷的江岸,多么统一和深远

远处,滨州铁路桥

一闪而过的隆隆列车,悄悄

携来内心的涟漪

东边，笃信不疑的阳光

开始漫出了雪际

严寒虽还是认真的

日子却有了点春趣的意思

脚下宽阔的大地

用热情、用乐观来表达

有些太褊窄了

希望，才是来自胸口的太阳

斯大林公园依旧

唯有飘落的雪花，似乎每一次

都不一样了

我将此时弱化为一次梦见

或记忆，没有

什么可以再拿走的

春风就会吹来松花江的故事

雪打着雪

白映射白，我已

不再观察雪花是怎样落下的

前方,虽仍有沉聚的雪和

苍茫的白

但还有

——更真切的坚持和更热切的渴望

2021 年 2 月 17 日

五月,伦敦火车站

倚着站台

那充满诱惑的隆隆声

1825年,由远而近[①]

缓缓而来,那是史诗的时刻

"旅行号"远去的

汽笛[②],仿佛

在不动声色地暗示自己的骄傲

弯曲、隆重的轨道

黝黑、闪光

[①] 1825年,世界上第一条铁路,"达林顿铁路"在英国诞生。
[②] 1825年,在第一列蒸汽机车"旅行号"的牵引下,世界上第一条铁路正式通车营运。

从弧线的边沿

深深切入欢欣鼓舞的远方

夜晚的星空和昨天一样眨眼

夜晚的清风和昨天一样舒爽

领受时间

既像等待平凡

又像期待奥秘和神奇

晚风中

粗重喘息的轨道

月光已把你均衡地覆盖大地

凌乱纷扰的世间

内在的节奏究竟是如何鼓点的

这肯定是个疑问，向望

远去的铁轨

我悄悄地问自己

命运只在秩序中偶遇

所有的追问

在这一刻

都将会从容不迫地相互回答并致意

      2020年5月26日

都柏林的时差记忆

无法入眠

喝一杯 Guinness 黑啤酒

当我想到"平静"这个词的时候

意识和思考

从来都是无法平静的

此时,夜色浓浓涌来

秋晚的月色

洒在轻波的大西洋海面上

闪烁如鳞

几只不知名的水鸟

晃晃悠悠地贴着水面飞向山林一侧

一位失眠者

正在向一位梦游人询问

"存在,并不

唯一,是否比意识更加空罔"?

世界心旷神怡

世事眼花缭乱,生活中存在的

秘密很少

生命中意识的秘密很多

如此多的彷徨

如此多的

关于对存在确定性的存疑

月色下,远处

光之纪念碑

你能提示指引我什么

存在是否在假设中

意识才会让我不懈坚持

沉默的 Guinness

金色的泡沫

时差

已分享了时间的存在……

有一点大概能确定

深沉的冥想与思考并真实地

去接受体验

才能让存在

——具有丰富而深刻的确定性

迷幻的心跳

敲打着都柏林哲学的星空

纠结缠绕中

在普遍的意义出现之后

平静和睡意，已随之而来

2021 年 2 月 24 日

春天,徜徉在布拉格

独立的姿态

应该比薰衣草轻

还是比切尔霍夫山的峰峦重

如此明朗而又沉重

的话题

让布拉格的灵魂回答

你能否清晰明确地去理解

信仰站立过的城市

胡斯神父①

被火刑浇灌的梦想

---

① 胡斯,1369—1415年。他为教会改革和捷克民族主义大义而殉道。

卡夫卡的谜语

不确定的荒诞，在三维的

人性空间里抒情

是隐藏着夸饰的灵魂变形

死亡的黑色是开放的

瓦茨拉夫一世高仰地伫立 [①]

沉默似铁

谁应向历史深深致歉

如此明朗而又沉重

的话题

让布拉格的灵魂回答

布拉格之春

美丽无法自我沉醉

欣赏是一种疲惫

[①] 瓦茨拉夫一世，约907—935年。博学、聪明，善良、谦卑，是一位公认的"好国王"，后被弟弟薄列斯拉夫刺杀并篡位。

守望的距离

需要展开

——更辽阔的历史天空

秀色可餐的伏尔塔瓦河啊

在璀璨的星空下

我站着,蘸着月光

轻轻地写下:独立!

——"自由的灵魂,是多么孤独"

2020 年 6 月 7 日

唱晚,蓝蓝的威尼斯

水城的黄昏

河网如织的海水,被夕阳

温情地凝望

黛蓝的水色,毫无喧啸的波痕

韵律轻缓的河巷

都微微地吹着海风

节奏轻盈地舟行

心灵都浮现一片片大海的湛蓝

灼热的白、温和的黄、性感的粉色

悠闲自然地

点缀,早已

被岁月层层净滤过的蓝色

海鸥在海上盘旋飞翔

贝壳在岸边盛满阳光的温馨

贡多拉

一桨桨泛起的水声,水鸟

猝然飞出河巷

落阳的夕光,静静地晃动

那是何时的唱晚

命运中

是否所有时季的蓝色都能如此地

安详晃动

圣马可广场的啤酒杯里

盛满了远去的涛声

轮回和浩荡,只有把

每一个命运敞开

志愿在为自由的天空中飞翔

你才能完整而

安宁地接受，如此蓝蓝的完美

冰河大街上熙熙攘攘
——再见了，威尼斯

哦，哦！蓝色的回响
忽然在一双双浦江水的眸子里
我仿佛又听到了
贡多拉传来的桨橹声声
自在和自由的蔚蓝
蓦然在耳边
再一次荡漾在海关大楼的钟声里……

2021年1月24日

夜宿无锡太湖的冥想

夜阑人静

能够确定一些声音来自湖边

那是生命的躁动

可能是

野鸭,包括它的划水声

对岸的灯火闪烁

依稀能看到

窗前芦苇边一叶扁舟在微风中

轻轻晃动

那是一种暗示

——意识并非稳定

只是难以

从觉察到的水声里去衡量

秋天的苍老在提速

湖水粼粼

在沉寂的黑暗中

那湖水的涟漪

已缓缓释放出另一种眼神

生命是会被关闭的

是渺小还是宏大，这意味着

泯灭还是新生

意识无法有序

那轮回

是否被深深渴望而无限辽阔

洞开的郁悒

在心灵里隐隐地蜷伏

窗前的小船

显然无法摆渡开放的心灵

湖水借着月色

挽留了你

也隐匿了你不安的灵魂

半醒半梦的幻乏

正追逐着另一匹奔驰的野马

你是否是一个重生的你

生命、意识和远方

是否都是在黑夜里诞生的

      2021年2月4日

布达佩斯的红日

在晨曦中

追逐一轮红日

沉睡的寂静被轻轻地唤醒……

望向马加什教堂的红日

"石头交响曲"

你在为加冕高亢奏曲

茜茜公主的笑声,接受了

时间的阳光

历史可比王冠沉重得多

远望渔人堡码头的红日

无声的守卫

多瑙河畔的美丽初吻

一杯咖啡里

有码头留遗的水声

奏响的是匈牙利狂想曲

在落阳中

追逐一轮红日

一道道金色的光线在闪耀……

哦,被拯救的黄昏

被磨损的面具

在时间的裂缝里,不熄的

火焰

在燃烧,请留意

——布达佩斯的尊严早已被永存

是谁,又是

怎样刺伤了被贫血的历史

"生命诚可贵,爱情价更高

若为自由死,两者皆可抛"

此时,夕阳红日

诗歌的血

正点亮了布达佩斯晚霞的伤口

2020年6月19日

在雅典卫城,野马纵思

雕塑,使得

虚幻的传说更具体、可靠

墟间,使得

遥远的记忆更真实、沉重

大海滔滔

岁月如海

而弯曲、褶皱的历史海岸

又过于悠久、冗长

谁也无法满足荣耀

永远也不可能挣脱的疯狂与归宿

脚下的碎碣

被踩踏的痛

是芸芸众生千年跌宕的骨骼

头顶上的蓝天

枯竭地注视，只让

现世投影，多了一枚枚孤单的身影

志愿的困窘，假寐的

梦想（者）

谁也没有诚实地告诉过大海

孤独的废墟

在黑暗中照亮黑暗

又在黑暗中闪烁光芒

逝去的优雅是——逻格斯

帕特农神庙

你的衰败，意味着

世界

又有了新的一页不朽地展开

哦，雅典娜女神

你递出的第一支

橄榄枝

才是和平与智慧的永恒胜利

神明在透视

思想已被砌入你的心灵

神性存阒然

我已静默

请告诉卫城

谁都该深深反省自身的欲望

——我们该如何真诚地

　"在短暂的生命里寻找永恒"

2020 年 8 月 14 日

长崎佐世保的海风

长崎佐世保海湾

波涛翻涌的大海

小小的浪花被一次次掀起

哦，浪花

你的飞翔

能否保持住自己的生命尊严

大千世界

众多的生灵是彼此亲爱的

用俯身的姿态

穿透单向视域的狭隘

没有什么能阻挡命运的和解

绵延的波光反烁

你用古老的刀刃，揩擦

黄昏渐下的棕阳

只是帝国噬啃的血肉、灵魂的虚云

荒谬、罪恶

鲁莽的虚妄和疯狂

早已失去了真实

火焰，被刺红的天空

燃烧的大地

灰烬——让你跪倒，让你沉默

世纪的悲情

唾手可及

真实的黑暗，是对命运的拯救

灵魂若忏悔

谁又会真正地走进悲怆

秋天的海风

轻轻地翻卷长崎的往事

呼吸是均匀的

此一瞬的眼神

彼此，应不是那么的陌生

老街、深巷

木屐、雷雨

小酒肆窗前一袭袭闪电

你波及的命运

都有我

远方低沉高昂的山河浩荡

2020 年 8 月 21 日

新加坡的"思想者"

孤独者的效颦

我总爱学着"思想者"

枯坐海边

独钓苍茫

紧紧皱起额上的眉头

手臂托腮

僵硬地将身体的躯干向前低俯……

在海边,面对

辽阔的孤独

我握住那些岑静的间歇

天马行空

没缘由的遐想与狂飙,就像

来时的青涩、轻狂

即便离去时渐悟,确想忘却

一些东西

可总也无法

丢弃那些臃肿的苍老和澎湃的滞胀

——怎么了

在时间的纵横里,一个梦

在追赶的驰骋中

姿态是否适合赞美

理想是否值得期待

此岸的思忖

真实的人性力量,是否进入了

信仰的彼岸

在圣淘沙大道上,兀然偶遇

——"思想者"

孤独地低头沉思

人体向内紧紧聚拢

躬身内敛而形成了向外的无形张力

凝神的深刻思考

使整个身体

焕发出

自由和人性的爆发力量

远处，新加坡港的海风吹来，

闪电刺穹

在空中，"思想者"沉默的

雷声响起

他的思想——正在燃烧！

2020年10月3日

漫步宾夕法尼亚大街①

傍晚风寒

远处国会山圆顶的那部分夕阳

正渐渐地被夜空吞噬

宾夕法尼亚大街上

迷迷蒙蒙的车流灯痕

没有鸣响

滋阴的冷风

枯叶落下的轨迹犹豫而模糊

黑暗如约而至

光线稀疏

迷蒙的晚灯,该如何向

---

① 2021年1月6日,美国国会山,被支持特朗普总统的共和党选民占领。

明朗的白天

——真实,而无折叠地展开

真实,其实

是永远难以确定的

真实的背后

——隐藏着深刻的背叛

所以没有真实

只有在此,根据利益各自表述

落叶簌簌

瑟瑟地飞舞,微微地喘息

自由是多么寂寞啊

躬身入局

心口的年轮向世界袒露

非也,非也

只在这无意识的傍晚

好奇、诧异、散步、悯想

虚想作证,去洞彻一个敞开的世界

身影,踽踽独行

深深弯腰

拾起街边一枚脆黄的残叶

很轻,很轻

是哦,在这无梦的冬天

沉没的绿逸,已无意让人眺望

      2020年5月23日

      2021年3月15日改写

嘉陵江边的夜雨

湿漉漉的深秋

面对眼前的秋雨和江水

我知道

自己是无法把秋色擦抹掉的

虽然我不喜欢这个季节

可无法放弃,其实

自己并没有什么可以厌烦的

能拿走你什么呢

灯火上来了,正轻轻地触摸你

洪崖洞的霓虹

肥硕而油腻

水雾已漫溢在生疏的江面上

失控、失调的汽笛

随波逐流，轻贱、卑微

有风从江面

掠过，时而涟漪

时而波澜

犹如夜色与沉默对话

无声无息地为彼此确定存在

雨水无法止住我的脚步

浅滩上退潮的凉意

似乎在隐忍着什么

是沉重的往事

还是孱弱而渐渐失去的奔流

夜雨中

最后猛吸几口烟蒂

烟絮和雨丝

一起飘散、消失，也是

一种对话，也认定彼此的存在

江水流缓,江岸清瘦

时间是不会

静止的,这不是一个

救赎的季节

我忽然想起了医生的

告诫

每年,在这个秋冬转换的时节

——许多人都是病人

2021年3月1日

在剑桥，听剑河雨声

在九月的细雨中，我曾

徜徉在剑河

那淅淅沥沥的雨点

打在身上

随同一只只白鹭

缓缓地走在河岸

也默默地走进流逝中的逍遥时光

在这不俗的秋雨中

时间是有故事的

行走中的我

平静下来

第一次如此接近盎格鲁撒克逊的

心性与灵魂

河岸已飘落一地秋叶

枯萎的生命打湿

你是无声的死亡,还是

多情的音符

你是沉睡的静寂,还是

多彩的乐章

剑河静静流淌

却还无法在内心

掀起波澜,也许自己遗漏了什么

总有一些涟漪是

容易忽视的,就像

身边的水流

你只听见

清澈的水声和复流的潺潺

涓涓细流无法为小河作证

可为何

睡意昏沉的田野、大地

却得到了你的浇灌

享受着你的滋养、孕育之美

岁月厚重而疏落

剑河啊

可描述的细雨和秋叶里

可奔腾的

江海和大地中

都有你淙淙流水的荡漾

没有你的波痕

广袤的澎湃

将呈现的是什么样的波澜呢

2021年2月16日

初访旧金山之忆 ①

浩瀚的太平洋

赤裸的波涛

横卧在清晨的霞光下

海风阵阵吹浪

也带着巨大的思疑和陌生

吹着我

返回昨天

或者返回更远的冬天

终而复始的阳光

无法温暖太平洋的洋流

斑尾塍鹬

---

① 1993年,笔者第一次出国培训,也是第一次到达旧金山。

鞭痕的飞行

共同的命运各自却毫无知晓

时间的挫顿

彼此厌倦的过往是什么

岁月的太阳

不会将温暖洒错地方

海燕，灵转自如的飞行

已让海洋的天空

阔达纵横，阅尽风流

圣弗朗西斯科，不是

冬寒的苍凉

海湾的火焰燃烧了

渴望，动摇了多少颓唐和逼仄

望着眼前的金门大桥

画下一笔虹

内心狐疑

我把孤寂和愿望临风在海边

哦，抱薪者想点燃的

阳光

却不知阳光早已照亮了我们

Ocean Beach，San Francisco

海风依旧

涛声依旧

循环、顺从的是否是节奏和秩序

月光下，目染与耳濡

都已进入了自己晚间的记忆

2020 年 8 月 20 日

四月的斯德哥尔摩

斜阳若影，黄昏

坠入斟酌

反复见证的

生存和信仰，还有

哪些爱和痛会被不断地述说

现在能确认

你曾舞动了黑暗的力量并猎取

但今天

你却更具有创造光明的勇气

沉静宛若时光奔驰，海风

吹开的记忆

维京海盗的风帆

呼啸狂涛,刀光剑影

把死亡

一次次沉入大西洋的海底

海风中的血腥

海涛里的哭泣

谁来拯救生命的卑微和绝望

极光无法为亡灵佐酒

时间碾压了时间

苦难塞满了苦难

乌云翻澜

一切打捞

阳光,需要另一片海阔天空

站在斯德哥尔摩音乐厅[①]

鲜花和响起的掌声

你认为,此刻

---

① 斯德哥尔摩音乐厅,系每年诺贝尔奖颁发之地。

暗示了

哪些历史的决绝与反省

大海与星空

伏守千年

诺贝尔，冲破的潜匿

你深远独到的呼唤与感召

一种象征

已被大海的波涛快速地传递和远航

2021年1月19日

冲绳，晚歌大海

白云在上，大海无语

无法遮蔽的蓝

太平洋浩瀚汹涌

无畏地

涤洗了空空茫茫的时空胸膛

涛声覆盖的

波浪，都保持着持久的

宣扬或沉默

所有的涛声

都藏着难以叙说的秘密

已经走远的季节

都有过飓风的惊悸

浪尖轻微

犹如时间的水花

在空间的波涛中早已容身于

大海深处

哪家的梦里,还带着遥远的涛声

命运迷人啊

肖邦,走神

在海边梦忆的黄昏里

竟然传来

激昂不屈的《军队波兰舞曲》

崇高的使命

豪迈的情怀,可那

远方的激情,是否

就是今天大海浩荡的秩序本身

无以穷尽的江海山塬啊

每一片水域大地都是异乡

每一片水域大地又都是故乡

遥远的古歌

都已淹没在夕阳落下的晚霞里

涛声问候涛声

无法停息的阵阵海浪

临风与我

时间与浪涛一样继续奔腾不息

2021年1月28日

慕尼黑的躁动

用透明的啤酒杯

抚慰安宁、祥和

也去宣泄、高嗨、狂飙

暮色渐浓

巴伐利亚的狂欢

啤酒、猪手、面包圈

赛马、花车、举杯

也举枪

为仇恨狂舞波澜

一阵阵高亢,世道被死亡解读

"水晶之夜"的破碎声①

奥林匹克的枪声②

难民的骚乱暴动

悲愤、血泪擦亮的

啤酒杯里,都是苦涩的泡沫

在不断跌宕的时间里

用日耳曼方言,却已

无法解释疼痛

也无法成熟地去阅读它的伤口

仲夜的慕尼黑

天朗气清

明月星光下惠风和畅

踽踽的侧影,走在落叶的影子上

---

① 1938年11月9日,希特勒为首的纳粹党,在全德各大城市几乎把犹太人开设的商店玻璃全都砸碎,并洗劫一空,史称"水晶之夜"。
② 1972年,在第20届慕尼黑奥运会上,11名以色列运动员被枪杀,酿成惨案。

岁月的艺术独特啊

既容易深深悲恸

也容易淡淡忘却

某种意义的

生活，暗合了默契

愈来愈浸润在仁爱与祈祷中

2020年7月1日

首尔,梦的摇晃

谁似乎都在做梦

可谁

也不知自己就在迷幻中

你也似乎

不知自己是徜徉在哪里

所见的一切,无法

让我们真实地去抚摸或注视

存在是一种捏造

意识是一种虚拟

在晃动中

世界的隐身是一片虚妄和血色

光华门前车流如梭

咖啡屋清雅而闲淡

三清洞画廊异彩纷呈

落叶纷飞

一些往事被风吹走了

另一些却不能

是呵

风卷日月

记忆敲响钟声,可风吹人间

世道迂曲

惊动与回荡的都是火光和黑雪

在我思考"有",意味着获得时

"无",就在眼前

在我体会"幸福",并沉湎幻想时

"苦难",就在眼前

在我悯想"生命"的丰富及意义时

"死亡",就在眼前

春天，已站在沸腾的时间里

用思想的马蹄

去聆听天地间隐约

响起的，那已远去的哭泣与呼喊

微微地趔趄

我发现自己还在幻梦中

而城市的

喧嚣，已渐渐地清晰起来了……

      2021 年 2 月 4 日

多伦多的水声之夜

枕着安大略湖

汩汩的水声

洗涮积聚多日的浑浊

夜意连绵延绵

浮躁一天的心渐渐地平静

湖水茫茫

潮汐匆匆

仰望星辰，冥想时空

无限未来

使世间的描写都过于渺小

幸福的存在和

痛苦的存在

其实，是极其相似的存在

真正的梦想

是难以梦想的

真正的超越，是难以超越的

湖边林间吹来清透的凉风

远处是隐约的教堂

天高湖阔，明月悬空

生命的孑然跋涉，在于精神

如何独立与苦修

——能持久地

印在心灵，究竟应该是什么呢

我一直在告诫自己

在物化的世界中，所有的形态

都是虚幻的

所有的永恒都是短暂的

如果守候

那你已被窗外夜色的

湖水

在生命中绝对地深深浸入

2021年2月11日

苏州河畔烟雨信步

细雨微烟,傍晚

雨景和迷濛同时抵达

一百多年了

轻澜和波痕,稀释了

多少往事

清澈的河水

见证了多少令人迷茫的涟漪

无法认定的风风雨雨

浊水泛滥、横流

黑臭的漩涡从水面泛起

河水之殇

在时间的伤逝里谁来认领

水不厌河，河不厌世

所有的波纹

都洞悉自己的心灵

所有的往事

都已沉入粼粼波光的流水中

细雨已拥抱天空

也覆盖了水面，波痕细浪

缓缓追逐

成为时间不停的追赶者……

繁华渐渐涌上不远的

外白渡桥

前方的黄浦江

是你的信仰和归宿

是啊，水声已愈合

已属于你，也属于我

——我们，已属于奔流

更深刻的奔流

都已属于远方更磅礴的大海

2020年8月15日

车过切尔诺贝利

荒凉和死亡一样

没有未来

只有它自己

在幅员辽阔中

包含了它的过去、现在和未来

望向车窗外

远方庞大的死寂,隔着

一层玻璃

能清晰地看见

残阳在跌落中

不安地望着那块已死亡的大地

黄昏的田野

总有些凄寒,是否

正在排斥、控诉苍凉大地自身

天上的晚云不疾不徐

完全和我们

急速的车行不在一个节奏

你飘向哪里并不重要

在车里,为你哀叹

大家迅速驶离,才是关键

天色渐暗

循环或因果

大地,清虚、苦寒的一天

终于萧疏地结束

褪色的生命已无法燃烧

被泪水洗过的坟墓

入口处

隐约听到的都是亡灵的呼喊

云缝里偶露的依稀月光

间隙地迷濛旷野

世局兴味索然

远处的森林、沃野和基辅的灯光

始终保持沉默……

2021年3月3日

莱茵河的迟疑

——欧罗巴,欧罗巴

爱和恨都是不会忘记的

在时间的涟漪里祈祷

不管经历多少年

被重新提及

内心的波纹总会泛起沉思的波澜

时间的重音

在这里发出低沉的大号声

静物般的燃烧

眼瞳里

流淌着莱茵河的淙淙流水

天空比河水更沉默

爱，是一种内心的抚育

恨，是多么自在的事啊

河岸每一棵树

都曾在愤怒中生长

忠诚的光芒

是又一次生命的枯黄

受伤的信念无法纠正记忆

每一场猛烈的水患

留下的破碎

守在暗处的伤痕

都是孤凄的

挽歌，一遍又一遍地传播四方

谁在前方呼唤

鲜花、微笑、拥抱

还是干戈、硝烟和死亡

命运之波，翻潮涌动

闪耀的世界

已划出了恨的边界

在黑暗的循环里

已渐渐点燃了爱的圣火

莱茵河帆影幢幢

远处的波茨坦广场

灯火盈视,香车宝马……

哦,爱已大于恨的时刻

超越的渴望

正溶化在莱茵河不息的奔流中……

2020 年 1 月 23 日

在济州岛夜观昙花

星空月色

昙花静美,我在

寂寞中品尝济州岛的夜影

昙花在黑暗里静默

孤独落下

常情落下

那朵乳白色的羞怯

从容、清婉地渐渐展开

生命,在夜色中独立

黑色的背景,是无法预约的命运

倾听你内心唯一的歌唱

静寂，就是

你洗练而深刻的表达

泛滥的花红柳绿

俯仰人生

常常使得知性的审美

局促而无法追循精神的曙光

昙花，却以

一种崭新的坚定

突破了子夜的幽禁，展现你

包括你

也归于你

怀抱夜色的歌声

可否翻译

节奏无声

旋律内在的风早已一片艳阳

自省的意识在孤独中漫步

无法枯坐

内心激情的喊话

在键盘上

哒、哒、哒地打开……

2020 年 5 月 30 日

伦敦的晨雾

晨雾浸润

铺展着街区的迷濛与寂静

一袭冷冽,一窗寒

谛听晨风,品酌风霜

世事波动得如此迂曲、艰辛

再独特的城市,都是

无法完整的——

沿街的门是深色的

门里和门外,进去和出来

时间塞满的都是祭献

消失已久的流逝

无法肯定

能否归还你的理想与天空

古老的鹅卵石

湿漉漉的马蹄声

光阴的渊薮

马蹄铃

是否连接远方高速公路的奔驰

生命的宇宙，命运的元气

科学与神秘

福门与宿命

冷察时运，舞蹈灵魂

撩拨这跌宕腾挪的万千气象

伦敦塔桥，饱览

泰晤士河两岸的美丽风光

你能否链接

"光荣革命"与那些绝望中带血的历史

威斯敏斯特大教堂

大本钟响起

唤醒查尔斯·狄更斯

请问,是否

"这是一个最好的时代……"

一切都在怀疑

在动荡

那无法切割的——晨雾

      2020 年 7 月 12 日

里约,笔走贫民窟

世界,存在复杂的秩序

也存在简单的秩序

双重秩序

同时默认驳杂、率性的人间命运

时间的瞬间

积续的沉疴

终于缓缓走向了空间的寥廓

我爱里约的大海

眩幻的蓝色

我爱里约的天空

闲散的白云

我见证里约

你不断提醒、展现在眼前的

秩序,不会忘记的远方

此刻,这是

我见过的最完美的时空苟且

漫山遍野的浩荡壮阔

层层叠叠

连绵起伏

阳光下,熠熠闪烁的凌波反射

刺白得荒诞而蓬勃

稠密的次第

在每一条淤积的小巷里

在每一扇粗陋的门楣间

无序

而又有序地流动

落日夕阳

余霞昏茫

时间无限贫瘠又无限饱满

里约打开的

那些人烟惋叹的小窗

坦然自若的日子,如余晖

从天边渐渐涌来

同时,又向更广阔的生活奔涌而去

时间的瞬间

积续的沉疴

终于缓缓地又走向了空间的寥廓

2020 年 10 月 5 日

黄浦江的钟声……

泛空空的时间

像一场雪

悄悄地把海关大楼的钟声

飘零成

岁月遗失的一组组名词、动词……

浦江的水沉默不语

与仓猝飞去的江鸥、水鸟

交换彼此的夕阳

却忽视品尝多余的温暖

水中的秋寒

也已无意眺望、模仿三月的春天

舟楫入江

往事如流

沿着江岸，一生的水流变换疼痛

遥远的帆影桨声

裸露的

都是江风吹起的灵魂和骨目

希望与失望

老去的心，都曾在河水里奔流

挽着你的江风

踩着你的夕阳

关于外滩远去的故事

天高水长

时间锁不住自身的命运

浪遏与飞舟

生命是一种和解

让宁静的书写，浸润深刻的远方

泛空空的时间

像一场雨

轻轻地把海关大楼的钟声

敲响成

岁月馈赠的一组组名词、动词……

让我再许个愿!

2020年8月8日

春天，再次对话雅典

在梦中

拂去昨天晚上的昏魂迷眩

渐渐地导入

云蒸霞蔚的黎明

遥远一张稚气的脸庞

在清晨的阳光下

第一次惊异、迷恋

爱琴海扑朔迷离的群英神明

翻腾的英雄波浪

开天辟地的云卷云舒

带着爱的憧憬和正义的深刻

沿着黑暗的苍穹寻觅

向着光明的灯塔飞翔

翻卷远方的记忆

是因为

我正徜徉在雅典

激荡在希腊神话的震烁中

时间

对神是如此慷慨

人生却是短暂的

在相对的时间中，寻找

神性和人性的

哪些共同的命运和崇拜

智慧是统一的

罪于恶

能否最终被摒弃或降伏

梦幻

沉浸在远方的神话中

沉默

已嵌入雅典二千年的眼神里

少年

那朦胧的提问

爱琴海深沉的永恒

早已为你发出滔滔的回声

2020 年 8 月 18 日

夜行在泰晤士河畔

我心踌躇，面对

弯曲褐黄的河水是这样的

涛声

如同对天空一个惊醒

世界已被发现

生命的双臂展开

命运的意义在哪里真实地呈现

风从伦敦塔桥吹来

时间

是一个个仓促的故事

两岸的灯光依然十分完整

枯叶被风利索地吹起

无意识的月光，仿佛

在自言自语

滔滔的水声能否穿越无梦的时光

星空下的河水

你的波浪

曾承载着世间的起伏

你淘淘荡漾

涤尽了多少千年古今的兴衰

历史，就是

这样的，早已跨越了主旨

世界，就是

这样的，早已修正了喻旨

（本该如此）

泰河啊，是你的波动荡出的

一个个潮汐

凝视时刻

每一波确认，升沉的

又都是探索者的自觉与自证

踽踽独行,仰望深空

站在水边,在我

深陷仲夜,点燃纸烟的同时

泰河水在身旁

正平静地等待着下一个黎明

      2020 年 5 月 29 日

在太原看卫星发射

在时间中奔跑

梦想的空间是最大的

时空向多维展开

哦,广宇之野

在无限、永恒终结之前

可展示的

都是不可抵御的欲望冲动

我们沉默

但欲望追逐自由

我们克制

但欲望无法被控制

梦想,意味着欲望的存在

欲望，是对梦想最真实的表达

这美妙的梦想

向欲望致敬

那蓄满激情的梦想

涌动的欲望

唯一的暗影

是来自心灵的褊狭和古老的遵从

空阔的野旷

阳光下，远处

静静耸立着长征火箭白色的身姿

……3、2、1，点火

这点燃的瞬间

这腾飞的时刻

梦中

自由、真实的欲望

正冲击着

孱弱、虚假和已死亡的幽灵……

2021年3月5日

后记

当我写完《无远弗届》，搁笔时不禁哑然失笑。自己并不属于那种喜欢旅行的人，更不属于旅游达人了，才开始学着写诗，怎么就冒冒失失地，且似乎饶有兴趣地洋洋洒洒写了一大本关于旅行中的所见、所闻和所思的诗集？想来自己也觉得很意外，有些惊奇。

去年春天，我准备给多年未作修缮的住房，作一次简单的打理，在"断舍离"中，偶然发现了自己多年前在旅行途中所写的随笔和日记，厚厚的一大叠有十多本，里面密密麻麻地记录了，几十年来自己在国内外旅行途中，人与自然山水的目语烟岚，人与历史文化的言聊春秋。特别在国外，书写的内容更多更详细，几乎没有一天遗漏。捧着这沉甸甸一大叠笔记本，感慨、激动之余，连夜挑灯夜读。几十年风雨旅程，高山流水、晨钟暮鼓、苍廓世界、无边落叶，真可谓林林总总，纷纷扬扬，像电影一样一幕幕地在眼前一一展现。蓦然，我想，能否把这些旅行中的笔记，作为生活原型，学着写一本诗集呢？自己一夜未眠。

我的旅行，除了公休年假陪伴家人外，主要是在自己的职业生涯中，经常遇到的出差。短则几天，长则几周，这样遇上周末，在同伴们的相约下，常常就会在当地的周边作一些短途旅行。其实，自己是一个比较喜欢安静的人，休息天用来读书，似乎也是一种好的选择。但若都不参与，离群索居又会显得太孤僻、太孤傲了，更何况这是一个改革开放、旅游大发展的年代，又适逢有周末的便利。是的，无法拒绝。

在旅行中，自己在私下里总是被驴友们讥嘲为"玩味不足""游性不高"。如此好的机遇，面对壮丽山川、春秋世遗，大家激越高亢，如痴如醉地打卡拍照，流连忘返，可我却平静如水、云淡风轻，经常"潦草"地一个人独自行走，常常形单影只，孑然独处地静坐或眺望。我知道，这样在朋友们眼中，自己多少有些怪异、孤冷，但我喜欢这样。

可一到晚上，自己思绪翻澜、纵马狂逸，"春风得意马蹄疾，一日看尽长安花"。特别在国外，家人或朋友们早已呼呼酣睡，在喃喃的梦呓声中，自己哪怕再晚，哪怕早晨要赶最早的航班，都要坚持把当天的笔记写完，少则几百字，多则上千字。那时，许多时日还没有互联网，在外也无法随即查阅相关的资料，全凭着手上简单的"旅行指南"和白天的记忆，以及平时自己对自然、历史的肤浅了解，煞有其事却又情不自禁，亦实亦幻却又野马纵横，点点滴滴却又文不加点地记录了当时的所见、所闻和所思。时光荏苒似白驹过隙，几十年一晃而过，积累、积蓄的数量可观的文字，不断地记录和反映了自己在不同的时期、不同的地点，徜徉在自然山水、历史文化中的观感认识以及理解思考，同时，也从另一个侧面反映了祖国轰轰烈烈，不断深化改革开放的伟大时代，也在一定程度上展现了当代世界持久而深刻的历史变化和发展。

法国著名诗人勒韦尔迪在《关于诗的思考》中写道："诗存在于现在还不存在的东西中。诗存在于我们现在还缺少的东西中。诗存在于我们正在寻求的东西中。"写诗，是一种心灵的旅行，写诗的过程，就是"在还不存在的东西中""在还缺少的东西中"寻找诗歌的意旨及思想的存在，是灵魂自身的表达。在旅行途中，自己的每一次遇见，我都希望自己有能力去准确、完整地寻找和表达。但是，完全按照原来的笔记的记录和当时的认识来体现今天的写作要求，并完成对诗歌的文学转换与书写，显然是不够的。一方面，随时间的推移，包括考古科技的突破与运用，历史文献的发现与整理，以及当时旅行过的自然风景、历史遗迹，包括那些纪念馆、博物馆等，今天与之相比都在很大程度上有了新的变化、提升和发展。另一方面，经过多年的学习与实践，自己的思想、认知也在不断地拓展和提高。当然，更重要的是随笔或日记与诗歌毕竟是完全不同的文体形式，后者更需要用诗歌的文学语言和内在规律去艺术地表达所展现的事物。所以，在写《无远弗届》时，自己在打捞、追忆过往的旅行岁月的过程中，以充分尊重笔记为前提，以立足还原为条件，以坚持诗歌语言为本体，并在此基础上增加了一些新的内容与思考，也作了一些新的改变和调整，力争通过诗歌写作，能更准确体现勒韦尔迪所倡导的"寻求"诗歌的"存在"，能更真实客观，更符合自己的心灵体会和心灵表达。当然，也希望诗歌能更加忠实地体现、更加准确地展示今天新时代伟大的变迁与崭新的风貌。

我国著名诗人臧棣曾说:"诗歌可以定义生活,生活也能定义诗。""最好的方式,就是让诗和生活保持一种关系。"《无远弗届》我自认为是诗歌和生活保持一种关系的个人尝试,让诗歌与旅行对话。这种对话是与自然风景、历史文化内在地、隐形地在心灵深处互动,最大程度地建立自己内心意识与外部存在的广阔联系,面对自然和社会,将自己最朦胧、最真实的思考与领悟,给予眼前现实的所见、所闻,并带着对人、对生活、对世事的发现与关注,审视与警醒的认识和态度,投入诗歌的学习与创作。

面对旅途中的自然和人文景观,我期望自己具备能力去观察、审视及准确地书写。但由于自己的学识修养和文学底蕴尚浅,学着写诗歌还刚刚起步,故无法奢求自己能像国内外大诗人和诗界著名新锐那样,运用诗歌的语言,若无其事、处之泰然地抒情春日、点墨秋野,鞭辟入里、笔力千钧地洞察社会、冥想人生,既能高山流水,浅唱低吟地轻曲,又能裹风挟雨,高昂激越地高歌,并在每一首诗里可以挥洒自如地注入自己的体验与思考,让每一段诗行都拥有火花,让每一首诗歌都充满生命力。我只能深切仰望,真诚学习,粗浅地直抒胸臆,让那些旅途中所见的迢遥山岳、苍茫大漠,庙堂遗事、江湖世情,尽力地通过生活，用思考、用爱心着力地去叙述、去表达，努力学着写诗，写好诗。

当我把《无远弗届》的诗稿交给出版社时，忽然觉得通过这次写作，自己似乎对旅行的意义有了新的颖悟与理解。在旅行者中有一句很著名的话语："要么读书要么旅行，灵魂和肉体必须有一个在路上。"今天，我深深地感触到，当下我们的灵魂和肉体都必须在路上，让日渐衰老的身体保持健康，更加体验快乐；让日渐枯萎的心灵保持灵性，更加深入思考。这使得旅行的意义更加丰富多彩，更加深入、深刻地快乐——让生命之树长青！

"路漫漫其修远兮"，写诗与回想，其实人生也是一场旅行。我们亲历过童年、少年、青年、中年，参与过个人、家庭、职业、社会，目见了自然风光旖旎浩渺，见证了历史时代翻澜变迁。春雨与冬雪、鲜花与枯叶，匡阔与狭隘、呐喊与哑默，一一地，不时地在人生的旅途上声声呼唤。泰戈尔曾说过："我们热爱这个世界时，才真正活在这个世界上。"只有当我们把艰难又充满希望的人生放在内心时，把困顿又不断发展的时代放在内心时，把广阔的自然山川、丰盈的历史文化放在内心时，自己才会真正感觉到心灵的安静和人生的美好。

诗歌的写作,都是对一个个新的生命的书写,也是一个个新的生命的诞生。它行走在自然和社会的旅行中,也行走在人生的旅途上。让诗歌在旅行中,不断地释放生命的火花、生命的疑问和生命的疼痛,不断地闪耀人性真挚的爱和不息的光芒。

晓 秋

2021 年 8 月 28 日

图书在版编目（CIP）数据

无远弗届 / 晓秋著. -- 上海：上海文艺出版社,2023
ISBN 978-7-5321-8545-0
Ⅰ.①无… Ⅱ.①晓… Ⅲ.①诗集－中国－当代
Ⅳ.①I227
中国版本图书馆CIP数据核字(2022)第219186号

发 行 人：毕　胜
策 划 人：杨　婷
责任编辑：李　平　汤思怡
装帧设计：钱　祯
排版制作：上海蓝鹰

书　　　名：无远弗届
作　　　者：晓　秋
出　　　版：上海世纪出版集团　上海文艺出版社
地　　　址：上海市闵行区号景路159弄A座2楼 201101
发　　　行：上海文艺出版社发行中心
　　　　　　上海市闵行区号景路159弄A座2楼206室 201101 www.ewen.co
印　　　刷：苏州市越洋印刷有限公司
开　　　本：890×1240 1/32
印　　　张：15.625
插　　　页：4
字　　　数：305,000
印　　　次：2023年2月第1版 2023年2月第1次印刷
Ｉ Ｓ Ｂ Ｎ：978-7-5321-8545-0/I.6734
定　　　价：98.00元
告　读　者：如发现本书有质量问题请与印刷厂质量科联系　T:0512-68180628